Regresé por Mí

Paty Alvarado

Número de Registro INDAUTOR:
03-2022-092217245300-01

Coordinación editorial
Mónica Garciadiego

**Diseño de portada e
Ilustraciones:**
Uries Rue

A mis hijos que me eligieron para estar en su camino y ser las estrellas que iluminan el sendero de mis sueños.

A mis padres por encender la flama de mi vida y estar conmigo sin importar mi destino y a todas las personas con las que he compartido y me han hecho sentir que todos somos uno y en este planeta hemos coincidido.

A mi soledad de la cual muchos años hui, alejándome de la esencia que la divinidad sopló en mi corazón para despertar el amor universal y lo efímero de mi existencia.

INDICE

Regresé por Mí

La silueta detrás de la puerta, esperó en silencio por muchos años su regreso, ella luchaba con su mundo, sin querer tocar el vacío repleto de amaneceres y lunas llenas, bastó solo un instante, para que el miedo comenzara a temerle y la angustia se transformara en acierto, cuando dejó de pelear, comprendiendo que la vida solo le pedía tocar el amor, que para ella seguía guardando en su corazón. Fue entonces que miró su sombra y juntas salieron por esa puerta, desplegando las alas que esperaban ser abiertas.

Introducción.

Nada es para siempre y esta libertad me llevó a percibir la vida de manera diferente, alimentando mi alma desde la totalidad del ser, para dejar de fragmentarme con mis carencias y la incertidumbre que a veces invade mi mente.

Jamás imaginé que algún día escribiría un libro, ni tampoco que desafiaría al destino, mostrando al mundo mi historia de vida, sin borrar o corregir porque todo fue perfecto aun sabiendo que esto me rompía por dentro.

Viví aferrada a un matrimonio cerca de 21 años al cual le pagué con mi dignidad y respeto a cambio de estar acompañada, sin importar ser maltratada, anulando así el poco amor que me tenía, desdibujando con el tiempo mi sonrisa y mi vida.

Cada pedazo de mi alma me pedía a gritos ser escuchada y me hizo regresar al pasado para tocar las heridas que creía ya estaban sanadas, no me permitió darle vuelta a la página, ni esconderme como muchos años lo hice, aún siendo terapeuta.

Mi soledad me acompañó a recorrer cada momento de mis diferentes etapas, desbordando las emociones que al escribirlas me hacían sentir, a veces me enojaba conmigo por haberlo permitido o lloraba al volver a revivirlo.

No fue fácil desnudarme de mentiras, algunas estaban tatuadas en mí desde antes de haber nacido. Tampoco me interesa empoderar a la mujer victimizándose y culpando al maltratador, porque todos tenemos historias entrelazadas que se repiten por generaciones para ser reconocidas desde el corazón y no solamente con la razón. No comparto de ninguna forma, lastimar a nadie justificando la violencia por traumas no procesados o expectativas destruidas.

Lo que pasé después de enfrentar mi realidad, fue un parteaguas que jamás imaginé vivir y dejé de quejarme de lo sucedido, para ser la protagonista de lo que ahora vivo. Deje de huir y agradezco al universo la oportunidad que me dio para regresar por mi antes de partir.

Y así como mi padre madre me dio la dicha de engendrar vida a mi primer hijo a los 27 años, hoy le doy la bienvenida a este mi primer libro con 27 capítulos.

Nuestro ser es libre
no olvides que nadie tiene derecho
a quitarte la libertad
de sentir, amar, vibrar y soñar.

No ates tu vida al maltrato
creyendo que no mereces vivir en libertad
o que lo poco que recibes
es lo único que te pueden dar.

Suelta el vacío que jamás llenarás
cumpliendo expectativas
que rompen tu autoestima
y te van quitando el poder
de tu propia vida.

No permitas que tu sonrisa
se desdibuje con el tiempo
porque perderás la fuerza
que llevas dentro.

Toca el miedo que penetra tu cuerpo
deja de estar tirado en el suelo
levanta la mirada
y contacta nuevamente
con el amor que emana
para ti el universo.

Nunca es tarde para regresar a ti
sin importar las heridas que llevas dentro
tu ser esperó volver a ser uno
recuerda que el amor
siempre en ti, estuvo dentro.

Haz que este instante
sea la libertad de ser
el ser que se expande y
deja brillar tu alma
para volver a iluminar con amor
un nuevo comienzo.

Amate hasta que la libertad sea tu única opción.

I

Silencio roto

Soñé que estaba despierta
y al despertar
me hice consciente de mi sueño
retome el timón de mi vida
rumbo a la inmensidad
sin retorno, sin miedo y sin apego.

Me terminé de romper, me desplome y aun así me decía "sé fuerte Paty, piensa en tus hijos" pero no me importaba ni pensar en mi y no quería aceptar que la máscara de la esposa ya se había comenzado a diluir.

Ya no podía seguir escondiendo a la puta, que por muchos años marcó mi vida y que para mi esposo, era lo único que existía y merecía ser castigada por no haber sido virgen al llegar a su vida.

Jamás lo había visto así, a sus más de 40 años, enamorado como un adolescente, sin importarle que también nuestros hijos lo vieran, no le afectó cerrar unos días su negocio para irse a la sierra con ella, cuando año tras año yo se lo había pedido y terminé por irme sola en excursiones con mis hijos. Para mí no tenía el tiempo y no había dinero de sobra para hacerlo. Y todavía se atrevió a preguntarme, si creía en el destino o si era verdad que existía.

Sabía hacia dónde quería ir, estábamos en la recamara acostados ya casi para dormir, la oscuridad del cuarto, ocultaba mis lágrimas, sentí como el frío recorrió mi cuerpo y enmudecí por un momento, tragué saliva y deje salir las palabras sin pensar en detenerlas.

—¿Qué es lo que pretendes Carlos? El destino tú lo diriges y nada ni nadie te impone a vivir lo que tú no quieres.

Se quedó callado, no se atrevía a decirme lo que ya era más que obvio.

Y antes de que contestara lo mire, tratando de revivir lo que ya estaba muriendo.

—Tenemos tres hijos y hemos pasado experiencias juntos, que no serán fáciles de borrar, te he apoyado siempre, he sido fiel en todo este tiempo, no destruyas nuestro matrimonio de 21 años, por una aventura ¡Por favor, no lo hagas!

El agachó la mirada y yo creí que lo había hecho entrar en razón y esto sería solo un amargo recuerdo qué pasaría con el tiempo.

No contestaba, no negaba lo que le había dicho, pero tampoco le importaba.

—Ya dímelo, ya no te lo calles.

Necesitaba saberlo, sentía que me quemaba por dentro y no podía seguir mintiéndome.

Por fin me miró y sin pensarlo más lo dijo:

—Yo sí creo en el destino, sé que ella entró a mi vida sin buscarla, me gusta y soñé que tenía un hijo con ella y no dudaría, en compartir mi vida con Elena.

Sentí como estallaba mi corazón y un dolor inmenso penetró mi pecho, como si una flecha le atravesara sin piedad, destruyéndome por dentro y la fuerza se alejaba de mí, dejándome caer en un vacío inmenso, cubriéndolo con silencio que enmudeció por unos minutos el momento.

No sabía qué hacer, mi cuerpo por inercia giró hacia la pared y me trague el grito que desgarraba mi alma.

—Contéstame, por favor dime algo, –me preguntaba, como si esperara que le diera un consejo.

Quiso tocar mi brazo e inmediatamente lo alejé de mí y me levanté antes de hundirme en esa cama.

Lo miré con mucho coraje, me tragué el llanto para poder hablar y aun así las palabras salían entre cortadas.

Elena me conoce, sabe de mi familia, era mi alumna y aun así no le importó meterse entre tú y yo, ¿por qué la dejaste entrar?, ¿por qué lo permitiste?

Mi cuerpo temblaba, no podía creer lo que había escuchado y las lágrimas no cesaban, por más que quisiera contenerlas, encargándose mis manos de limpiar mi rostro para no quitarle la mirada, estaba herida, me sentía como un mueble que ya no tenía uso y fácilmente lo botaban.

Al verme así, quiso retractarse, pero ya lo había dicho y nada cambiaría lo sucedido.

—¿Dime por qué ella?

—Por favor Paty ya no te lastimes más, ya basta, me decía como si realmente yo le importara.

—Solo quiero saber, ¿por qué ella?, –le grité sin importarme que se despertaran nuestros hijos con mis reclamos.

Sentía como la sangre hervía en mi cuerpo y no dejaba de temblar, necesitaba escucharlo y no aceptaría más su silencio.

Ya no tenía dónde esconderse y trató de suavizar las palabras para evitar que yo hiciera un drama con ellas.

Me miró y comenzó hablar:

—Ella me escucha y la hago reír, me gusta y es mucho más joven que tú. Y ya no hay más, que quiera hacer contigo. Nunca me amaste ni yo a ti, y es la mujer que me hace revivir la pasión que dejé de sentir hace mucho tiempo a tu lado. Y aunque no aparentas tu edad, las arrugas ya hicieron su aparición.

Lo miré, sintiéndome en ese momento una anciana, tragándome mi orgullo y derrotada.

Quería respuestas y ya las tenía, solo deje que mi corazón hablara, porque a mi ego yo tampoco le importaba, se había ido muy lejos, cuando más lo necesitaba.

Mi voz salió sin fuerza, como si fuera el último aliento, de nuestra relación que ya estaba muriendo.

—No me conociste de esta edad, tenía 26 años cuando iniciamos una vida juntos, he trabajado para apoyarte con los gastos de la casa, me he esforzado y tu bien lo sabes.

Y las palabras se detuvieron, un nudo en la garganta les impedía salir, respire para no desplomarme, sentía que me faltaba el aire, agache la cabeza y continúe sin mirarlo a los ojos, ya no quería verlo.

—Todo este tiempo te he acompañado, apoyé tus sueños, no te abandoné y he ido envejeciendo a tu lado. Dejé lo que tenía para iniciar de cero como tú me lo pediste, me alejé de mis amistades, para que confiaras en mí –Fue en ese momento cuando levanté la cara apretando mis puños y mis labios–. ¡Nunca dejé de ser una puta ante tus ojos, ni fui suficiente, por más que hiciera para demostrarte mi amor!, siempre dudaste y escupiste mi dignidad, no podías apedrearme como lo hicieron con María Magdalena, pero sí me hiciste creer que fui la peor de las mujeres y me alejaste de todos.

Mi enojo y frustración era la única arma que tenía para defenderme, no valoraba nada de lo que había hecho en todos esos años que vivimos juntos.

Con desprecio y rabia también lo minimicé.

—Ojalá y así como tú me dejas por ella, espero que su novio, haga lo mismo con ella. Y no creo que te dure mucho la pasión, así como ella engaña a su pareja, también lo hará contigo.

Fue lo único que podía decirle y dejé que mi ira se desbordara, como un volcán que hace erupción y no le importa lo que pueda destruir a su paso.

—¡Vete, ya no quiero que regreses más a mi vida!

Se quedó paralizado, sin decir nada, no reconocía a la mujer que tenía de frente y yo también me desconocía. Quiso abrazarme y despedirse, pero lo menos que yo deseaba, era que me tocara, lo quería lejos de mí, de mi ser, de mi corazón.

Ya no podía contener mi firmeza por mucho tiempo, y lo corrí, le grité:

—¡Vete, vete, no te me acerques, no me toques! ¡Solo quiero que te largues o grito más fuerte para que lo sepan mis hijos! –No le permití hablar, no quería que, con su arrepentimiento fingido, me volviera a convencer para quedarse, como si nada hubiera pasado, temeroso solo pudo decir:

—¿Pero a dónde me voy a ir, ya es noche?

—No me importa, lárgate, dile a ella que venga por ti.

Tomó su ropa y comenzó a vestirse sin prisa, creyendo que lo detendría, pero mi ira ya lo había acorralado y no lo dejaría quedarse.

—¿Qué le dirás a nuestros hijos?

Su cometario me pareció insolente en ese momento y cruzo como una ráfaga por mi mente con rabia y sarcasmo un: "Ahora resulta que le importaba lo que fueran a sentir"

—¡Lárgate! No es asunto tuyo.

Suspiró conteniendo las palabras para poder irse, ya eran más de las 11 y sin decir ya nada se acercó a la puerta y salió.

Al escuchar cerrar la reja de la calle, me desplome tumbando en la puerta, llore con tanta fuerza tapándome la boca para que no se escucharan mis lamentos, no podía contenerme más, sentía que mi mundo se rompía en pedazos, ni el llanto siendo un río podría humedecer esa tierra estéril, llena de tristeza y dolor. Ese árbol que juntos sembramos ya no daría más frutos.

Me estaba muriendo por dentro y ya no podía hacer nada, ni esconder mi sufrimiento, todo estaba escrito, seguía su curso y ya no se detendría.

Mi ego estaba hecho añicos, no me sostenía ni la más mínima ilusión de creer que la dejaría.

Le grité a Dios, le reclamé:

—¡Me estas lastimando! ¡Y dices que me amas y ya no me miras!, ¡te olvidaste de mí! ¡Ayúdame! ¡Ayúdame! No me dejes sola, no puedo, no me castigues así, no me hagas esto.

Parecía que le hablaba al viento, alejando solo mis lamentos sin tener eco y mucho menos consuelo. No entendía ¿Por qué? ¿Por qué así? Y no me interesaba preguntar ¿Para qué? Que podía aprender de ello, si ni siquiera yo me comprendía y el dolor era lo único que prevalecía en ese momento. No sabía por qué otra vez él era infiel cuando parecía que todo entre nosotros estaba bien, pero ahora por primera vez lo veía enamorado, como jamás lo estuvo de mí.

Sus palabras se habían quedado tatuadas, esa escena en nuestra recamara se reproducía una y otra vez, cada detalle y el rostro de aparente inocencia de Elena comenzaron atormentarme, escuchaba su risa, parecía que se burlaba de mí.

Me perdí retrocediendo el tiempo, sin poder detenerlo y los recuerdos comenzaron a deslizarse.

Y ahí tumbada en el suelo mi niña interior se acercó, estaba espantada, aterrada por lo que nuevamente estaba sintiendo, me miró consternada, sus ojitos se llenaron de lágrimas, mi pequeña tenía mucho miedo, ya no quería más golpes, no más castigos ni maltrato. Sin dejar de mirarme, me tomo de la mano y me hizo salir junto con ella. Cada que escuchaba la canción de "Chiquitita" ella lloraba a través de mí, la nostalgia invadía su corazón lastimado, buscando ser escuchado y yo no era capaz de sostenerla, me desquebrajaba junto con ella, sin tener la fuerza para sanar su ala quebrada.

2

Uvas verdes

Solté mi cabello
y deje que el calor de tus palabras
lentamente acariciaran mi cuerpo
tocaste mi piel con tus labios
y mis ataduras se vencieron
dejando penetrar en mi
la inmensidad del encuentro
me pediste ser tuya
solo si lo deseo
y sin dudarlo ame de ti
tu ser por completo.

El domingo como de costumbre regresé a la ciudad, me sentía más tranquila y decidí entrar a trabajar como cajera, solo por temporada navideña, fue ahí cuando conocí a Raúl en una tienda de autoservicio.

Él estudiaba ingeniería también en la UNAM, en ciudad universitaria, era alto, de tez clara, delgado, parecía que no le preocupaba nada y me encantaba su mirada.

Era muy agradable conmigo, recuerdo que, en una junta mensual para hablar del desempeño de los cajeros, felicitaron al empleado del mes y a mí me nombraron como la empleada con más faltantes en caja.

Él estaba ahí, sentado a mi lado, sentí vergüenza y aunque ninguno de mis compañeros dijo nada, ya me habían señalado y con eso bastaba para no hablar con nadie. Al terminar, salí huyendo sin decir nada, él fue el único que me detuvo para hablar conmigo, diciéndome que no permitiera ese descuento en mi sueldo, animándome a exigir que me entregaran el "voucher" y fuimos por la firma que le hacía falta. Mi pago era muy poco y me habría llevado meses en liquidar esa cuenta que afortunadamente ya habíamos recuperado.

Me atraía su seguridad, la forma relajada como vivía la vida y las atenciones que tenía conmigo.

Él tenía 21 años y yo 20. Al terminar las vacaciones de diciembre, salimos de esa tienda y comenzó a verme a la salida de la facultad.

Nos íbamos a los jardines a platicar, en ocasiones el fin de semana, nos veíamos en algún parque de la ciudad, hasta que después de varios meses, me pidió ser su novia. No lo dudé ni un momento en aceptar, disfrutaba mucho su compañía y podíamos pasar mucho tiempo juntos. Después de varios meses de relación, conseguí un nuevo trabajo como asistente, en un centro de distribución de carne de res. Los dueños me rentaron el cuarto de servicio de su casa para poder vivir. Estaba muy contenta porque ya mi economía había mejorado, teniendo un trabajo que me permitía seguir estudiando de lunes a viernes. Podía ver a mi familia cada 15 días y algunos fines de semana salía con él. Mi relación solo se limitaba en pláticas y besos, no le permitía caricias que involucraran más acercamiento ya que se viviría todo en el matrimonio. Así que buscó la manera de convencerme para tener relaciones sexuales, porque nada me hacía cambiar de opinión por más que hablara conmigo haciéndome verlo como algo natural.

Después de varios meses de intentarlo, me invitó a una plática sobre "sexualidad" que se impartiría en su Facultad. Éramos un grupo de aproximadamente 20 mujeres, el sexólogo era un hombre ya mayor, bajito que inspiraba confianza e inició la plática, preguntando:

— ¿Quiénes siguen siendo virgen? Levanten la mano.

Sólo éramos cuatro mujeres que lo hicimos, me sentía entre las pocas privilegiadas, orgullosa de mantener firme los valores inculcados por mis padres.

Pero para el sexólogo no fue así, se sorprendió de lo que estaba pasando y con un tono más fuerte, se dirigió hacia nosotras.

— ¿Cómo es posible que a sus 20 años aún sigan tapando su vagina, cerrando las piernas al placer y a los deleites de la vida? ¿Acaso tampoco tocan su clítoris?

Ni siquiera sabía dónde estaba ubicado y mucho menos que se pudiera tocar, la palabra masturbar tampoco estaba en mi vocabulario.

Todo esto era desconocido y la manera en cómo lo fue abordando, me hizo sentir segura de lo que podía experimentar y ya no tenía por qué esperar ni un día más.

Así que nos animó a darle paso a este encuentro, estábamos ya dispuestas a cambiar y sentir lo inimaginable, a dejar a un lado a la mujer virgen, que se reprimía, para dejar salir a la mujer multiorgásmica, libre y sin miedo a ser penetrada. Estaba segura de que con su ayuda lo lograríamos.

La charla transcurrió sin esconder nada, hasta que tocó el tema de las diferentes posturas que daban mayor placer para llegar al orgasmo y para ello, utilizó a la muñeca Barbie y Ken desnudos (jamás habría imaginado, que servirían también para esto) "Se veía tan fácil, como lo hacían esos muñecos, que, al terminar la charla, salí dispuesta a formar parte del grupo de mujeres desvirginadas".

Raúl esperaba afuera, con la esperanza de que por fin aceptara hacer el amor y yo ya no tenía ninguna duda al respecto.

Lo amaba y no era sólo tener sexo, rompería también con esa educación que limitaba mi libertad y me ataba a esperar hasta el casamiento.

Estaba emocionada, ya no repetiría la historia de mi madre, que a sus 19 años tuvo su primer encuentro sexual con mi padre en su luna de miel, con miedo y sin saber cómo hacerlo.

De cualquier manera, yo me casaría con él y qué más daba hacerlo antes.

Él estaba más que feliz por mi respuesta y comenzó a buscar un lugar bonito que se ajustara a su presupuesto de estudiante.

No quiso que fuéramos a un motel, prefirió pagar un hotel con lo poco que tenía ahorrado, porque quería que fuera muy especial, por ser mi primera vez.

Me pidió que comprara fruta, ya que pasaríamos varias horas en el lugar y decía que tendríamos hambre.

Llegó el día, él me esperaba dentro de la estación del metro Tacubaya, sobre el andén, se veía más arreglado que de costumbre y estaba usando el perfume Aspen, que en una navidad le regalé, él sabía que me encantaba ese aroma.

Por fin sentiría la unión entre dos cuerpos desnudos, libres de prejuicios, disfrutando de los anhelados orgasmos que me llevarían a explotar de placer.

El hotel estaba a la salida del metro, era grande, él hizo todo, de hecho me dijo que no me acercara y esperara en la recepción, mientras tanto yo miraba alrededor, no había nadie y eso me hacía sentir mejor para pasar desapercibida.

– Habitación 310 – me lo dijo en un tono muy bajo.

Comencé a sentirme nerviosa, pero al verme me abrazó y suspiré al sentir su aroma también en mi piel.

Entramos en la habitación, ya no sabía qué hacer, pensé que, al entrar, todo ya tenía que comenzar, pero no fue así, encendió la T.V y me pidió recostarme a su lado.

Sin exigirme me hizo experimentar lo inesperado y para mí este acto fue muy doloroso, no sentí ningún orgasmo y me apenaba el recordarlo.

Me enojé conmigo por haber creído que sería diferente y sé de otras mujeres, que como yo callamos nuestra primera experiencia, por la desilusión de no haber sido lo suficientemente hábiles para vivirlo de manera diferente, esperando que el otro haga todo y sin tener la confianza para decirle lo que estamos sintiendo o cómo nos gustaría que fuera este encuentro. Él por su parte, había ganado el premio tan deseado por muchos hombres, y seguramente esto haría que perdiera el interés en mí.

Ya no quise estar más tiempo en ese lugar y le pedí que ya nos fuéramos, recogí mi ropa tapándome con la sábana, me vestí impidiendo que me volviera a ver desnuda y evadía su mirada.

Él comprendió lo que estaba pasando y evitó volverse a acercar a mí.

Al salir y subir nuevamente al elevador me coloqué del lado opuesto a él agachada, me sentía avergonzada de lo que había hecho y no hablaba.

—¿Estás bien? Me preguntó varias veces, a lo cual, me limitaba solo a contestar en voz baja

—Si.

Me despedí, con un simple roce de labios, durante el avanzar del metro el silencio seguía penetrando mi alma y me apenaba el acto sexual. Mi mirada se perdió, divagando entre las estaciones del metro, había cierta nostalgia que no comprendía de dónde venía y la imagen llegó tan clara a mi mente que me dejó pasmada.

Tenía solo 6 años, era una niña muy tímida, siempre usaba un moño blanco, con un listón enorme en mi cabeza, estaba en primero de primaria, mi mamá casi siempre iba por mí a recogerme a la salida de la escuela. Y precisamente ese día se le hizo tarde, mi amiguita me dijo que nos fuéramos juntas, que su hermano Mario de quinto de primaria nos podía cuidar y en el camino encontraríamos a mi mamá.

No supe decir no y me fui con ellos, su hermano tomó mi mochila, la colocó en su hombro y acto seguido me abrazó. No dije nada, solo caminaba, me sentía paralizada, no entendía qué estaba pasando, era una sensación muy rara para mí. Mario y mi amiguita Kari estaban muy contentos, ella se acercó a mi oído para decirme que yo le gustaba a su hermano. Sentí como mi cara se puso roja y mi corazón palpitó más aprisa, deseaba salir huyendo, pero no me atreví a hacerlo.

Apenas estábamos por dar la vuelta a la calle, cuando apareció mi mamá caminando de frente hacia nosotros, su mirada era penetrante. No me quitaba la vista, estaba muy enojada y no dejó que le explicara lo sucedido porque ni siquiera podía hablar, le quitó la mochila a Mario y me tomo muy fuerte de la mano.

Durante el resto del camino no me dirigió la palabra, caminábamos aprisa y al llegar a casa, me cambié mi uniforme como de costumbre y los golpes no se hicieron esperar, no entendía qué mal había hecho, solo sé que esto marcó mi cuerpo y mi alma para siempre.

Mis lágrimas comenzaron a deslizarse sintiendo una profunda tristeza, por esa herida que se había abierto y la tenía olvidada desde hace mucho tiempo. Por primera vez lloraba ese recuerdo que tenía escondido, por el intenso dolor que provocó en mi corazón. Y a partir de ese momento no permití que ningún niño se me acercara por miedo a volver a ser lastimada.

El maltrato me perseguía y mi niña quería crecer aprisa, huir, le tenía miedo a su mamá por los golpes que recibía y no se merecía, era vergonzoso esconder un cuerpo marcado para evitar ser juzgado e hice mío el masoquismo dejando de derramar más lágrimas, cuando me sentía lacerada.

Los recuerdos a veces son tan reales que con un pequeño detalle se vuelven a respirar y no se desvanecen tan fácilmente, puedo volver a sentir la suavidad del terciopelo rojo de esa caja con el juego de té en miniatura que mi papá me compró, como regalo para mi mamá el día de las madres y ella no me lo recibió. Mis manos seguían sosteniendo la cajita, y ella ni siquiera me miraba, seguía enojada. No comprendía a mi corta edad su actitud pero sí sentía mi corazón adolorido, llorando por el rechazo. Mi papá molesto, le pidió que lo tomará. Yo tenía alrededor de 7 años y lo más grave que había hecho un día antes, es haber roto una taza por accidente. Ella era dura conmigo como también lo fue con ella y alguna vez me lo dijo, cuando le reclamé ¿porque me había lastimado?

—Yo no sabía hacerlo de otra manera, a mi me enseñaron a golpes y yo no hubiera querido pegarles – me dijo.

Sé que nada era suficiente para librarse del maltrato que también ella había recibido. Me alié a mi padre que me protegía y muy pocas veces llegó a pegarme, porque mi madre se lo pedía. Sus golpes eran muy fuertes, llegué a odiar la manguera anaranjada que hacía arder la piel y dejaba marcas. Él, después de lastimarnos, discutía con mi mamá y nos dejaba entre ver que no le agradaba lo que hacía.

Esos momentos que provocaron sufrimiento, con el tiempo pareciera que nunca existieron o se van desvaneciendo, creyendo que tal vez solo fue un horrible sueño y se entierran porque una parte de nosotros también ha ido muriendo con ellos. Revivirlos es doloroso y las emociones no se detienen para romper ese efímero silencio que enmudeció a esa pequeña que no podía defenderse y me pedía que la liberara de ese suplicio, para que la adulta dejara de buscar ser dañada.

Muchos años me llevó comprender el sufrimiento de mi madre que no sanó y la llevó a lastimarme, resquebrajando mi infancia, generando en mí una adolescente tímida que tomó la poca rebeldía que podía sacar para salir y vivir una vida diferente. Los libros era la única forma para poder hacerlo. Mi madre seguramente tenía una niña rota y lastimada dentro de ella, su historia fue aún más dura que la mía, todas las heridas que ella también tenía, dejaron huellas en mi y aún así con esas fisuras en su alma, convenció a mi padre para apoyarme y dejar que mis alas se abrieran para volar, como tal vez a ella le habría gustado vivirlo.

Después de esa ocasión me sentía partida, sin ganas de ver a Raúl, me acompañaba la sombra de una educación sexual con culpa y reprimida desde casa. Para mí la virginidad había sido una castración a la exploración de mi sexualidad, no entendía, por qué se me limitaba a descubrirme a través del otro o tocar nuestros cuerpos para no ser excitados ni hablar al respecto.

No comprendían mis padres que era más grave escucharlos tener relaciones sexuales, cuando era pequeña, porque todos dormíamos en un mismo cuarto de una vecindad y me asustaba lo que oía, era un shock muy fuerte para mí, siempre lo callé, porque no entendía ni que estaban haciendo, me tapaba la cabeza con las cobijas y no me movía para no delatar que estaba despierta y me fueran a regañar.

Y esa experiencia, nos llevó a jugar a ser papá y mamá, a mí y a mis hermanos. Nos desnudamos mi hermano de 4 años y yo de 6 aproximadamente, no recuerdo muy bien la edad, nos metimos dentro de las cobijas, porque así lo hacían mis papás y mi hermana de 5 años era la hija. Fue un evento que solo por una ocasión lo jugamos, porque al llegar mis padres, no fue para ellos un juego y el cinturón marcó ese recuerdo.

Había tantas cicatrices en mí, que aún me herían, activándose al sentirme acariciada, penetrada, reviviendo nuevamente esa mezcla de resentimiento, enojo y tristeza que desconocía el porqué de su existencia.

Él fue tan paciente conmigo, para convencerme de volver a intentarlo, asegurando que sería diferente. Y así fue, él me llevó a sentir el éxtasis, en una explosión de orgasmos, que me hizo vibrar y que jamás había experimentado. Descubrí a qué sabe la libertad, al besar su alma, introduciéndonos en una hermosa danza entre gemidos, fluidos y movimientos entrelazados, acariciando con delicadeza y amor, cada centímetro de nuestra desnudez.

Despertó a esa mujer sexualmente reprimida y le recordó que estaba viva. Dejé entrar la sensualidad y mis caderas comenzaron a moverse libremente. Todo mi ser se estremecía al sentir las uvas que resbalaban lentamente con sus labios sobre mi o las plumas soplando en mi cuerpo, envolviéndonos en un aroma de placer y erotismo, rompiendo el espacio sin tiempo.

Me hizo mirarme desnuda frente al espejo para dejar de evadirme, diciéndome que era hermosa, mientras él me contemplaba. Era tan natural estar desnudos que dejé de esconderme. Disfrutaba las pláticas, recostada entre sus brazos, acariciando su pecho y mirando sus labios, por primera vez me sentí tocada con amor y dejaba de ser lastimada. Guarde el secreto de nuestro encuentro, como el regalo más preciado, fingiendo con mis padres, que todo seguía igual y nada en mí había cambiado.

Pasamos juntos parte de la universidad, él terminó primero y comenzó a estudiar una maestría, yo concluí la carrera un año después. Ya habían pasado 3 años de estar juntos y creí que el siguiente paso sería casarnos, porque le había entregado mi virginidad a los 21. Ya no llegaría virgen al matrimonio como mis padres esperaban pero él sería el único hombre en mi vida.

Además estábamos listos para fijar la fecha, me agradaba platicar con su mamá, era una familia diferente a la mía. También eran 5 hermanos, casi nunca estaban todos en casa, ya que estudiaban y algunos de ellos también trabajaban.

Pero la relación comenzó a ser diferente, ya no tenía tiempo para salir conmigo, siempre había excusas, no comprendía lo que estaba pasando y esperó a que pasara mi fiesta de graduación.

Él estuvo ahí conmigo junto con mi familia, era una dicha finalizar la carrera y estuve a pocas décimas de obtener la mención honorífica. Le encantaba bailar y bailamos toda la noche, hasta que terminó la fiesta, se despidió de mi familia de manera respetuosa, para ellos, también había sido una noche especial.

A las pocas semanas de este evento, nos vimos en el parque de Chapultepec. Me arreglé más de lo acostumbrado, esperando que me viera diferente y lo notara.

Estaba dentro del metro, sobre el andén, al acercarme a él, se alegró.

—¡Te ves muy linda! ¡Me encanta verte con esa falda!

Ya lo sabía, es por eso que la llevaba puesta. Sentí que me sonrojé, no supe qué decir, me abrazó y salimos del metro. Durante el camino, para llegar al lago, hablaba de lo mucho que le gustaba la maestría y su nuevo proyecto de vida. Estaba entusiasmado, soñaba con entrar a una empresa importante y viajar al extranjero. Le preocupaba aprender inglés porque decía que lo necesitaba, era una de sus próximas metas a cumplir. Yo lo escuchaba sin interrumpirlo, pero algo no estaba bien, ya no figuraba en su planes.

Comencé a sentirme sola, mi presencia pasaba desapercibida. Lo miré de frente, la sonrisa que tenía en un principio cuando lo vi, ya no estaba, lentamente el silencio comenzó a invadir el momento, haciendo estremecer mi cuerpo, paralizando mi boca, sin saber qué decir. Se quedó callado, pasaron varios minutos, sin tomar ninguno de los dos la iniciativa para explicar lo sucedido, haciendo más dolorosa la espera.

Evadía mi rostro, parecía que buscaba las palabras precisas, suspiraba y dentro de él, había un diálogo, que esperaba salir, hasta que ya no pudo más ocultar, lo que había decidido.

—Lo lamento, no tengo planeado casarme, no estoy listo y no es lo que deseo, quizás más adelante, pero no pretendo que me esperes. Eres hermosa, inteligente, sé que lograras todo lo que te propones, espero lo comprendas. He disfrutado mucho estos años juntos y no me gusta sentirme presionado por un compromiso.

Me quedé muda, cambié la mirada hacia otro lado para evitarlo, queriendo aparentar que no me afectaba lo que había escuchado, pero mi corazón me delató, dejando brotar las lágrimas sin poder detenerlas. Fue en ese instante, cuando su voz se quebró, limpio mis lágrimas con sus manos y me dijo:

—¿Por favor dime algo?, me aflige verte triste, comprende que a mí también me duele, pero es lo mejor para ambos. No lo entiendes ahora, no me interesa ser el único hombre con el que hayas tenido relaciones y que te quedes conmigo, porque así, te lo hicieron creer. No es tu virginidad lo que más me importa de ti, ni eres mi propiedad, fue grandioso lo que vivimos, tu inocencia me enamoró, me sentí privilegiado de compartirnos, disfrutando el placer y los deseos sin límite, ni culpa. Te amo y no quiero dañarte, pero la pasión se termina cuando la encierras o la poseen sin dejar que el otro viva su libertad.

Rompí en llanto sin poder contenerme, él me abrazó, tratando de consolarme, pero era imposible detener lo que había estallado dentro de mí.

—¡Por favor!, comprende que no eres tú, soy yo quien termina nuestra relación. Tuve la fortuna de aprender de una persona mayor, a tratar a la mujer con ternura y delicadeza. A cambio de su experiencia, le di mi juventud. Fue un intercambio, en el cual no necesite pagar por sexo, como muchos otros que piensan, que sólo el acto de penetrar, es el principal objetivo de la relación sexual y olvidan que la mujer siente y vibra en cada caricia, que el roce de los labios en cada rincón de su piel, las excita y las lleva a explotar en orgasmos. No estoy arrepentido de lo vivido contigo, me permitiste ser un encuentro importante en tu vida y jamás olvidaré tu risa, la intensidad y energía que tienes, cuando tu espíritu es libre y se acaricia con amor.

No sabía qué decirle, en todo ese tiempo de relación, jamás habíamos discutido, había mucha comunicación entre nosotros. Pero ahora estaba desconcertada, sin nada que decir. No podía creer lo que estaba sucediendo.

Él no dejaba de verme y limpiaba mi rostro. Me tomó de la cara suavemente y me dijo:

—Por favor mírame, eres muy bonita, lograste terminar tu carrera y vives sola. Te admiro por la fortaleza que tienes, eres independiente y sé que vas a triunfar. Conocerás a más hombres, lo nuestro se quedará entre nosotros, no quiero herirte, ni destruir la relación amorosa que tuvimos, por favor compréndelo. Yo estaré cerca, si alguna vez me necesitas y no permitas que nadie te dañe. En verdad te amo y ya no hay más que pueda ofrecerte, continúa tu camino, yo necesito seguir el mío, de lo contrario lo que vivimos terminará lastimándose.

Ya no podía más y lo abrace muy fuerte, no quería soltarlo, ni dejarlo ir, él me había enseñado a disfrutar de mí y a ser libre entre sus brazos. Mi alma sentía su desprendimiento y me desgarraba por dentro. Entendí porqué nunca quiso acompañarme al pueblo y tener más cercanía con mi familia.

—Yo soñé con ese momento, en donde estaríamos juntos, casados y con nuestros hijos. Te podría esperar si tú me lo pidieras, pero sé que ahora no es lo que tu deseas – las palabras salían entrecortadas porque el llanto no cesaba, sabía que ya no volvería a estar con él.

Habían pasado algunas horas, ya era incómodo seguir ahí y le pedí que nos fuéramos. Durante el camino nuestros corazones se fueron desprendiendo uno del otro, mientras la tristeza nos seguía manteniendo unidos y me limité a sentirlo cerca de mí por última vez. Quiso acompañarme hasta el lugar en donde vivía, pero le pedí que no lo hiciera, al despedirme, volví a sentir ese aroma que erizaba mi piel, cerré los ojos para dejarlo guardado en mí y besó mis labios, fue en ese momento cuando sentí, que a él también le dolía lo nuestro. Sus ojos se llenaron de lágrimas y la oscuridad de la noche nos separó, sin dejar pasar ninguna estela de luz, que nos permitiera regresar. Inclinó su cabeza, ya no dijo nada, se dio la vuelta y se fue. No me moví, me quedé paralizada, no podía detenerlo, su silueta poco a poco se fue desvaneciendo, hasta que se difuminó por completo. Fue entonces cuando la nostalgia me abrazo y se fue conmigo. Mi andar era lento, apenas mis pies tocaban el suelo, me sentía fuera de mí, sin ilusiones. No sabía hacia dónde ir, las lágrimas iban marcando en el suelo, un camino de sueños sin cumplir, parecía que solo yo estaba detenida, inmersa en el vacío, sin que nadie pudiera verme, la gente continuaba su vida, todo seguía su curso y yo solo caminaba sin rumbo.

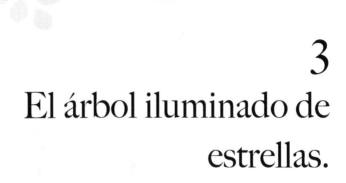

3
El árbol iluminado de estrellas.

Eras el escondite perfecto
cuando tus hojas
cubrían mi cuerpo entero
me dejabas mecerme en tus ramas
sintiendo que tenía alas
para alcanzar el cielo.

Me trepaba en los árboles, buscando subir muy alto, recostaba mi cuerpo en las ramas, me gustaba sentir el aire que acariciaba mi cuerpo y me dejaba mecer con el viento. Era increíble esa sensación de libertad que me hacía estar más cerca del cielo y lejos del suelo.

Miraba las nubes irse deslizando lentamente, formando figuras, me encantaba subirme en ellas, podía alejarme sin sentir que tenía límites o que alguien podía detenerme. El tiempo no existía en el árbol, me hacía olvidar mi infancia limitada por el miedo y la obediencia. Varias veces me caí al descender y solo me limpiaba el polvo de mi cara para disimular mis lágrimas, evitando así, que me prohibieran volver hacerlo.

Nuestra casa estaba a las orillas del pueblo llamado Tlanalapa, en el Estado de Hidalgo y todo lo que se encontraba alrededor de nosotros era campo. Tengo seis hermanos, el primero mi mamá lo perdió a los dos meses de embarazo sin poder evitarlo, a los dos meses de este evento, se embarazó de mí.

Mis papás fueron padres muy jóvenes, su historia de vida tampoco fue fácil, ellos se conocieron desde muy pequeños en la ciudad de México, cuentan que cuando mi mamá tenía 6 años y mi papá 8 se dieron su primer beso. Estaban jugando, él traía un silbato hecho con un lapicero, dentro de este tenía un pedacito de semilla de aguacate, que al soplarlo hacía un sonido parecido a una avispa. Ella se lo pidió prestado pero mi papá a cambio le pidió un beso y ella al dárselo, no obtuvo lo que quería, porque mi papá salió corriendo y fue el inicio de una relación que ya cumplió más de 50 años. Mi mamá ayudaba en algunas labores de la casa de mi papá, tenía que subirse a una silla, alcanzando así la cazuela para moverle a la comida y a cambio le daban de comer y algunas monedas que llevaba a mi abuela. La situación de mi madre no era agradable, había ocasiones que tenían muy poco o nada para comer ella y mi tío. Para ellos no había juguetes como los que otros niños recibían y cada año le traían una muñeca muy económica a la que se le aplastaba la cabeza o se desarmaba. Esto la llevó a traernos a nosotras muñecas de plástico duro, algunas de ellas parecían reales, con un aroma muy especial. Le encantaba ponerlas en un mueble todas acomodadas, cuando teníamos una fiesta, también se les banaba y los tendederos se llenaban de ropita de muñecas. Mi papá fue regalado a los pocos meses de nacido, se crio solo con mis abuelos adoptivos, Marcelino y Lupita quienes no pudieron tener hijos y desde muy chico trabajaba vendiendo dulces mexicanos que elaboraban mis abuelos, los entregaba en el zócalo de la ciudad de México y sus alrededores. Ambos crecieron, compartiendo sus vidas muy de cerca, mi papá sabía del maltrato que recibía mi mamá en su casa, así como la violencia a la que él se exponía cuando se acercaba a ella y aún así le propuso matrimonio, él tenía 20 años, mi mamá 18, para ella él fue su único novio y decidieron unirse para darnos vida, compartiéndonos también una parte de lo que ellos pasaron y siguieron guardando sin recordarlo.

Varios años vivimos en la ciudad, en vecindades que tenían dos cuartos, el baño era compartido, por las tardes todos los niños jugábamos en el patio, nos divertíamos pasando entre las sábanas tendidas, sin que se dieran cuenta las señoras. Mis abuelos le decían a mi papá que nos regresáramos al pueblo en donde podíamos estar con mayor tranquilidad pero él se resistía por el trabajo. Tengo muy pocos recuerdos de ellos, mi abuela Lupita murió cuando yo tenía 3 años, y esa imagen quedó grabada en mi en un constante presente, tenía puesto su velo color plateado, la podía ver a través del cristal, no entendía porque no despertaba, ni que hacia dentro de esa caja y tampoco me lo decían, había personas alrededor llorando y mi papá se veía muy triste. No me despedí de ella porque no sabía que ya estaba muerta. Mi abuelo Marcelino partió a los pocos años, cuando su alcoholismo fue en aumento al quedarse solo, muriendo en la calle, sin que nadie lo fuera auxiliar. Fue un golpe para mi papá muy fuerte porque unas semanas antes había discutido con él, le había pedido que ya dejara de tomar. Y volvimos a mis 8 años, al lugar en donde vivieron mis abuelos. El terreno es grande, era la herencia de ellos que le dejaron a mi padre y que pudo recuperar, antes de que lo despojaran, por no ser hijo biológico. No teníamos barda, así que el paisaje era todo nuestro, éramos afortunados al sentir esa inmensidad, aun viviendo en 2 cuartos muy pequeños. Uno de ellos era de paredes de piedra, que servía como recamara, en donde cabía solo una cama matrimonial, una litera y una banca para ver la televisión en blanco y negro. El techo era de teja, con una puerta de madera ya desgastada por el tiempo.

Me tocaba dormir en la cama de arriba de la litera, cuando llovía, o granizaba, me tapaba la cabeza con las cobijas porque el ruido era muy fuerte y me daba mucho miedo, parecía que en cualquier momento se romperían las tejas. Era común que se fuera la luz, me encantaba pasear con mi vela encendida, mirando mi sombra reflejada en la pared.

El otro cuarto era de paredes de adobe, servía como cocina y también para bañarnos. Teníamos una tina grande galvanizada, en donde con una bandeja vertíamos el agua de la cubeta para que esta llenará la tina. Todos pasamos por este proceso, era divertido cuando se iba llenando, nos quedábamos un rato más en el agua.

Nuestro baño era lo que ahora muy elegantemente se llama "baño ecológico" pero para nosotros era conocido como letrina. No era agradable ir al baño de noche, teníamos que salir acompañados porque nos daba miedo ir solos y sentir que algo podía salir entre los arbustos. Una noche terminó incendiándose las láminas de cartón, por jugar a encender papelitos, mientras mi mamá estaba dentro. Todos salimos despavoridos y ella como pudo, salió corriendo acomodándose la ropa en el camino. Los vecinos más próximos se acercaron para ayudar a apagar el fuego.

Después del susto y los regaños, esas anécdotas eran tema de plática que provocaba risa cuando teníamos visitas.

Disfrutaba mucho estar en el árbol, decía mi padre que un rayo entró en él, abriendo su tronco, pero no lo dejó sin vida y se adaptó muy bien a ser una casita. Nos divertíamos mis hermanos y yo jugando en él. "Seguramente también el árbol disfrutaba, sintiendo nuestro espíritu desbordado de alegría".

No había límite para correr o esconderse, cuando nos reuníamos para jugar con los demás niños, después de cumplir las labores de la casa. Le dábamos vida al silencio del lugar, que parecía pueblo fantasma porque a las 2 de la tarde, los pocos negocios que había, cerraban para comer y nadie se encontraba en la calle.

Me encantaban las temporadas de lluvia, los campos se llenaban de alfombras de pequeñas flores silvestres amarillas y espigas de cebada que a la distancia parecían grandes aves que danzaban con el viento. Era ideal para ir a recoger capulines y hongos durante el camino. Nos encantaba comer en el campo, cuando salíamos en familia, a veces quedaban muy pocos capulines para llevar a casa. El regreso tenía que ser apresurado, antes de que la lluvia comenzará para evitar mojarnos, pero era algo que casi nunca logramos.

Nos refugiábamos en algún árbol frondoso hasta que se pasara, éramos tan desesperados que regresábamos aún lloviendo, hasta que mi mamá como siempre, iniciara lanzándonos lodo para comenzar la guerra. Ahora entiendo porque a veces soy un poco brusca con mis hijos y ellos no creen que sea un juego.

Para mi mamá era una forma de demostrarnos su cariño, se divertía con nosotros convirtiéndose en una niña, a la cual nadie le podía ganar, eran aventuras muy rudas y entre risas, resbalones y lodo, llegábamos a casa. Estábamos irreconocibles, no había regaños, ni sanciones, ese día teníamos permiso de ser niños en libertad.

Entrábamos al cuarto de adobe, mientras nos quitábamos como podíamos la ropa, mi papá conectaba la manguera, con agua fría nos sacábamos el lodo y mi mamá nos ponía jabón y shampoo, temblando de frío, pero la alegría de lo vivido, nos daba el calor que necesitábamos para no quejarnos y querer volverlo a repetir. Mi papá nos esperaba con la toalla para llevarnos cargando al otro cuarto, ya que se encontraban separados, evitando volver a ensuciarnos con la tierra.

Nos metíamos en la cama, para calentarnos, nadie hablaba, preferíamos estar encogidos hasta sentir el calor en el cuerpo. Mi papá sacaba el lodo de la cocina y lavaba el piso, como si nada hubiera pasado.

No solo nosotros disfrutamos del campo, a mis tíos les gustaba pasar sus vacaciones, era divertido salir con ellos porque también eran chicos, de hecho mi tío Saúl era menor que yo por meses. Nos apurábamos con las labores de la casa para salir, en la noche nos divertíamos jugando al cinturón escondido y no tenían piedad para pegarle a aquel que alcanzaran. Mi papá tenía unos guantes de box, era una tradición que se organizaran los combates con los niños, al terminar nosotros seguían los adultos. Él me había enseñado a boxear, era aguerrida cuando alguien me hacía llorar, varios años compartimos estas peleas, hasta que comenzamos a crecer y separarnos.

Los primeros viajes fuera del pueblo los hicimos con el sr. Tomás era el padrino de mi hermana Denise. Le agradaba visitarnos, trabajaba como transportista de mudanza, utilizando un trailer, siempre llegaba con mucha gente que no conocíamos, mi mamá me mandaba a comprar varios kilos de huevo para poder darles de comer o traían nopales del campo y preparaba frijoles. Era pesado atenderlos pero sabíamos que solo estaban de paso y junto con ellos nos llevaban a pasear. Durante el viaje en el trailer a veces se sentía mucho calor, todo el tiempo íbamos a oscuras, lo cual aprovechamos para jugar a zapatazos, teniendo que cubrirnos con cobijas para no sentir tan duros los golpes, hasta que nos callaban por hacer mucho ruido o porque alguien salió herido. Una ocasión nos confundieron, creyendo que éramos los del circo y nos dejaron estar en un lugar especial. Nos la pasábamos jugando o nadando en el río y corríamos para alcanzar comida, cuando nos avisaban que estaba lista. Al regresar a la casa, mi papá tenía que pedir dinero a un agiotista para completar los gastos, jamás le negaron a nadie la estancia, ellos nos enseñaron a ser atentos con todos. Dejaron de ir cuando el sr. Tomas se volcó en Veracruz y murió, quedando como anécdota, lo que vivimos con él y su gusto por viajar con mucha gente.

Me encantaba comer pedacitos de adobe de la pared de la cocina, el sabor era delicioso, sobre todo después de llover, cuando olía a tierra húmeda. En las noches con el cielo estrellado, se podía ver la bóveda celeste, eran tantas estrellas, que se sentía estar envuelto entre todas ellas. Me imaginaba viajando en el espacio, dejando atrás la tierra e imaginando que era la primera mujer, surcando el universo.

Hasta que un día mis compañeros de secundaria me desanimaron, diciéndome que si estudiaba Astronomía, terminaría dando los horóscopos en una estación de radio o leyendo cartas astrales, creyendo que como estudiantes de secundaria ya lo sabíamos todo y hasta ahí llegó mi sueño pero no me siento frustrada, porque no era realmente lo que yo quería. Se que la Astronomía es una ciencia que revela el misterio del universo y la Astrología los astros en relación con los seres humanos y ninguna de las dos se mezclan, ni se han reconciliado.

4

Un gran acto

Recogí mis recuerdos
sin olvidar ninguno de ellos
con amor los despedí,
y mis lágrimas se unieron al río
cuando los lance
comprendiendo que formaron parte
de la vida que ahora siento.

Soñé con un anillo de compromiso, imaginaba qué le diría cuando esto sucediera. Tal vez me lo entregaría en un viaje en globo aerostático, o frente a un hermoso atardecer en la playa, o quizás me sorprendería con algo muy especial, solo de pensarlo, las emociones se desbordaban, apostando todo a un romance idílico. Llena de alegría, seguramente diría que "SÍ" y sería el principio de una relación maravillosa. Tendríamos un plan de vida en común al unir nuestras vidas en una sola historia de almas, que se reconocen para continuar su viaje juntos.

Pero ese momento jamás llegó, no fue lo que imagine, el noviazgo duró muy poco para ser vivido como ese encuentro especial y amoroso. Ni tampoco me pidió ser su esposa, y con el correr de los años siempre me recordaba que no era feliz a mi lado, que el día de la boda había hecho "su mejor actuación" ya que es muy buen actor.

Él me pidió al poco tiempo de nuestra relación, que le hablara sobre mis experiencias sexuales con otras personas y con cuantos lo había hecho, antes de haberlo conocido. En un principio me negué a tocar el tema, no me hacía sentir a gusto decírselo, pero él insistió, argumentando que no tenía que haber secretos entre nosotros y esa confesión marcó mi sentencia, por no haber sido él, el primero. A partir de ese día, me convertí en una prostituta durante muchos años.

Mi valor como mujer era nulo, cada que podía me lo hacía saber, no importaba la fidelidad que le tuviera o la manera en como lo apoyara, ya estaba marcada, mereciendo ser castigada con su desprecio y a veces con su maltrato, el acto sexual para mí comenzó a ser una represión porque según él seguramente me estaba acordando de alguien más o no era honesta y solo fingía. No solo me sentía herida, creía que había defraudado a mis padres por haber vivido mi sexualidad antes de casarme e inconscientemente busqué a un marido que había estado en un seminario, con una educación religiosa, porque yo me sentía culpable. Permitía sus desprecios con mi silencio, para que mis padres no se dieran cuenta de mi infelicidad, pero era obvio que ellos miraban mi tristeza y yo me aferraba a él, aunque ellos me dijeran que lo dejara antes de tener hijos, para no lastimarlos. Yo esperaba que cambiara, que reconociera la mujer que estaba a su lado, estaba dispuesta a esperar y aguantar porque no era una mala persona, cuando estaba contento.

Comencé a creer que era verdad que yo provocaba su ira cuando intentaba defenderme de sus insultos o le molestaba que llorara porque me decía que él no me estaba haciendo nada y mis lágrimas eran falsas. Cuando él veía que me alejaba, entonces me pedía disculpas, me consolaba escuchar que me dijera que "si me quería" que no volvería a suceder otro acontecimiento igual, hasta que con el paso del tiempo comencé a anestesiar mi fuerza, aceptando lo que antes discutía y no me lo permitía.

Sus manipulaciones me hacían sentir miserable, dejé de recordar el 5 de septiembre como fecha de nuestro aniversario. No tenía deseos de festejar, él esperaba que llegara la noche para reclamarme por haberlo olvidado, diciéndome que yo era quien no lo amaba y solo lo había utilizado. Ningún detalle que le diera para aminorar su enfado era suficiente,

—Son mentiras lo que dices, no te creo –decía cuando le entregaba una carta.

O si le regalaba algo por la noche o al día siguiente ya no le interesaba porque no me había nacido hacerlo antes, diciéndome que lo hacía por compromiso, pero de él tampoco recibía nada. Y tenía razón, porque yo sabía que de todos modos nada de mí, llenaban sus expectativas, así es que jamás celebré un aniversario de bodas, lejos de alegrarme de la fecha, me causaba estrés y desilusión.

Comencé a alejarme de mi familia porque no le agradaba ir al pueblo, las visitas se hicieron cada vez más distantes. Lo que no ocurría con su familia, ya que vivíamos con ellos y cuando por fin nos salimos de la casa de sus padres a vivir solos, para él no fue fácil.

Mi vida cambió completamente, parecía una ruptura entre un antes y el ahora que estaba viviendo, no solo me hacía falta amarme, mi dignidad y respeto a mí misma estaban sepultados, mi baja autoestima me hizo rogar, callando mi dolor y tristeza por tener una pareja. El deseo de una familia, me mantenía en una relación con mentiras que solo yo creía, no aceptaba ver la realidad, porque implicaba hacerme responsable de la elección que había tomado.

Me aferré 21 años a no quererme separar de él, con el paso del tiempo me fui desdibujando, olvidando quien era, dejé de creer en mí y fui perdiendo mi fuerza. Sus celos eran una tormenta para mí, nada de lo que dijera sería suficiente para tener su confianza, aun en el embarazo no me libraba de ellos. Evitaba mirar a los hombres o que se acercarán para no tener problemas con su inseguridad y me empecé aislar, a no tener contacto con ninguno.

La agresión verbal fue en aumento hasta llegar al maltrato físico y creyendo en su arrepentimiento cubrí el golpe con una gasa en mi cara para evitar delatar lo que estaba pasando. Aprendí a justificar todo: "está enojado", "es que su infancia fue difícil", "viene cansado" o yo terminaba pidiéndole perdón algunas veces después de discutir para que me hablara, porque sabía que el castigo para mí sería su indiferencia por reclamar sus actos.

Su madre en alguna ocasión al escucharme llorar y discutir con él, intervino para defenderme, pero no solo era él, yo me sentía frustrada, estaba enojada por no tener el valor para dejarlo y mi dependencia a estar a su lado se volvió una adicción. Me consolaba diciendo que no era siempre agresivo, que también era agradable y que funcionábamos muy bien para realizar nuestros proyectos.

Me quedé esperando el ideal de un matrimonio donde estar juntos, es apoyarse y compartir desde la confianza y la libertad.

Y mi fuego interior se fue extinguiendo, dejando que la sombra del pasado, dirigiera mi vida sin importarle en absoluto mi sufrimiento.

5
Línea 2 del metro

Dejé de tener prisa
comencé a caminar lento
me quité los zapatos
para volver a sentir
el palpitar de la madre tierra
me abracé del cielo
le pregunté si me amaba
y con un susurro al oído
me recordó
que en cada respiro,
su soplo de aliento
me mantiene viva.

A los 16 años empecé a viajar sola, animada por una vecina ya que mis tíos no podían llevarme constantemente al pueblo y las visitas cada vez eran más lejanas. Me armé de valor, estaba nerviosa, pero con la alegría inmensa en mi corazón, tomé el metro hasta llegar a la estación *Indios verdes*; cerca de ahí estaba la terminal de autobuses para ir al estado de Hidalgo.

Hacía 3 horas de viaje y mis tíos no estaban de acuerdo que fuera sola, pero después de varias semanas sin ver a mis padres, ya lo había decidido y extrañaba estar con ellos.

Me sentía adulta, llegué a la fiesta de 3 años de mi hermana pequeña, no me lo podía perder. Mis papás estaban preocupados esperando que no me pasara nada en el camino, era mucha confianza, la que se debía tener, ya que no existía el celular.

Mis papás se alegraron al verme entrar a la casa y volver a reunirnos todos, a partir de ese momento, comencé a ir cada 2 o 3 semanas al pueblo. Llegaba los sábados por la tarde, mi mamá procuraba tener la comida lista, disfrutaba el sabor de sus guisos, las tortillas hechas a mano, era algo que extrañaba y estar todos sentados en la mesa para platicar, me hacía sentir nuevamente en casa, ocupando de nuevo un lugar importante entre ellos. Al terminar mi mamá me pedía que me fuera a recostar un rato con ella para que le platicara lo que vivía en la preparatoria con lujo de detalle, se emocionaba de mis anécdotas, se le iluminaban sus ojos, como si ella lo estuviera viviendo ya que solo estudió hasta segundo de primaria y comenzó a trabajar desde que era niña.

Mis hermanas seguían guardando mi lugar en la recamara, yo me daba el lujo de regañarlas, si no iban bien en la escuela o no obedecían a mis papás, me sentía toda una adulta a los 16, haciéndome de esa manera presente.

El fin de semana pasaba muy aprisa y el domingo como era costumbre me levantaban para ir a misa de las 7 am. Sin importarles mis argumentos marxistas para dejar la religión, me hacían asistir para estar todos en familia.

Después de la comida, comenzaba a recoger mis cosas y despedia a mis hermanos, que no comprendían porque siempre tenía que irme.

Mis papás me acompañaban a la parada. Durante el camino, mi mamá me llevaba tomada de la mano, no me soltaba hasta que subiera a la combi y mi papá me daba consejos para cuidarme y me animaba también a no desistir. Me daban su bendición, que recibía con mucho cariño, al subir al transporte aguantaba solo un poco más las lágrimas, tragándomelas para que no me vieran llorar. En cuanto avanzaba el transporte, comenzaban a rodar por mis mejillas y me cuestionaba si tenía sentido alejarme de mi familia buscando un sueño que quizás no lograría.

Mis tíos no me trataban mal, pero no era mi casa, siempre tenía esa sensación de sentirme extraña, de tener que ganarme un lugar para seguir viviendo ahí. Mi motivación estaba puesta en terminar la preparatoria para entrar a la Universidad. No salía a fiestas, mi adolescencia la pase sin vestir a la moda, usando mis botines preferidos de tela, hasta que ya era imposible ponerles más cartón en los agujeros que se les habían hecho en la suela.

Disfrutaba estar en el CCH, no me era relevante, tener algunas limitaciones viviendo en la ciudad, tenía fe en que las circunstancias de mi vida algún día cambiarían.

Era común tener novio entre mis compañeras de clase y hasta esto me lo había negado, me alejaba, no permitía que se me acercaran los hombres, porque era insegura y no sabía cómo comportarme al respecto. Pero Francisco era muy insistente, todo el tiempo buscaba estar cerca de mí en el salón de clases, así que, a los 17 años, fue mi primer novio, me llenaba de mensajes para que supiera que le gustaba, en todos lados se aparecía, eso me era extraño ya que no estaba acostumbrada a tantas atenciones y terminé aceptando. Estando en el pueblo, un fin de semana fue a visitarme a la casa de mis padres, con el pretexto, según él, de que le quedaba de paso el estado de Hidalgo, viviendo en el Toreo de 4 caminos de la ciudad de México, solo él se lo creía.

Ese día, salimos a caminar al campo, era un muchacho muy tierno, sus ojos eran vivaces y negros. Nos sentamos debajo de un árbol frondoso para cubrirnos del sol, al estirarse me abrazó sin que me sintiera incómoda, de hecho me gustó sentirme cerca de él. Nos quedamos solo un rato más platicando porque debía regresar ese mismo día. Todo el camino nos fuimos abrazados, me sentía contenta y halagada por el detalle que había tenido conmigo al hacer 3 horas de viaje solo para ir a verme. Cuando me despedí le iba dar un beso en la mejilla como siempre lo hacía, pero él giró su cara, tomándome por sorpresa, solo fue un simple roce de labios que alcanzo a darme, no sentí alegría, ni mariposas en el estómago, como creí que sucedería, me dio mucho coraje, tenía ganas de golpearlo, él al observar mi reacción, salió huyendo y gritando:

—¡Te quiero, te quiero!

Afortunadamente no lo vi hasta después de algunos días y mi actitud ya fue diferente. Él solo había activado un recuerdo que estaba guardado en mí y comprendí que el primer beso ya me lo habían dado en la primaria a mis 8 años de edad.

Estábamos en el salón de clases, yo era una alumna nueva en la escuela del pueblo, nos habíamos mudado de la ciudad de México porque mi papá consiguió entrar a una fábrica con mejores condiciones, por fin dejamos de vivir en vecindades. El maestro se ausentaba mucho tiempo, en consecuencia no había orden, yo tenía ya algunas amiguitas y en una ocasión estábamos platicando, cuando se me acercaron varios niños, me jalaron, dos de ellos sujetaron mis brazos y mis piernas, inmovilizándome, por más que gritaba, nadie me defendió, fue entonces que otro niño a la fuerza me sujetó la cara y me besó.

Me soltaron y comenzaron a reírse, yo me llené de vergüenza, sin poder hacer nada, me fui a mi asiento y me tapé la cara para que no me vieran llorar. Cuando llegué a casa, mi mamá notó que algo me había pasado y me pidió que le platicara lo sucedido. Al día siguiente fueron mis papás muy molestos a hablar con la directora, logrando una suspensión de dos días para el niño que sin gustarme ni desearlo, borró la inocencia y la ilusión que sentiría al recibir mi primer beso.

6

Sueño escondido

Comencé a detener el tiempo
a disfrutar el momento
y la magia surgió
en ese preciso instante
cuando me descubrí amándome
contándole a la vida
mi historia transformada
en un encuentro
sin fin y sin resentimiento.

Después de varias semanas viviendo en el departamento, compré con lo que tenía ahorrado algunos muebles que me hacían falta y encontré a un Quijote tallado en madera de aproximadamente 1.5 metros de altura, flaco sentado en un tronco, también se encontraba solo, su mirada era como la mía, nostálgica, con el alma herida, o quizás me sentía identificada a través de esa madera tallada. Me lo llevé, lo puse en la sala, para sentirme acompañada por tan ilustre personaje, las semanas pasaron y mi soledad le dio vida a ese Quijote. Ya estaba cansada de vivir sola, de llegar y que nadie me esperara, de no sentirme amada, mi corazón seguía roto, eran noches en donde sólo El Quijote me escuchaba en esa oscuridad de la habitación, él y yo compartimos anécdotas que nos hacían reír y también llorar. Él no le diría a nadie que en ocasiones me derrumbaba, abrazándolo, sintiendo que él sí me comprendía porque había pasado por lo mismo, persiguiendo un sueño que solo estaba en su imaginación.

Esta sensación de vacío, me seguía lastimando, no me sentía plena, ya estaba titulada y me había ganado el respeto del grupo de la preparatoria más rebelde a mis 23 años.

Era una de las maestras más jóvenes, les sorprendía a mis compañeros, el no haberme dado por vencida, como otros maestros, que preferían abandonar a ese grupo de 6to semestre. Para mí había sido un reto y sobre todo sin buscarlo me había ganado su cariño y confianza.

Ellos no sabían lo que estaba pasando conmigo, parecía que la vida nos había hecho coincidir para apoyarnos y salir juntos de ese agujero en el que nos encontrábamos.

Preparaba la clase de administración, era una nueva experiencia para mí como profesor. Era un grupo con una dinámica social difícil, lo que menos les interesaba era aprender, al único que obedecían era al líder del grupo, Luis, y él no estaba dispuesto a cederme su lugar, además yo no tenía experiencia en la docencia. Solo llevaba unas cuantas semanas dando clases y en especial ese día fue el detonante que me hizo dejar de aceptar sus insultos. Estaba anotando algo en el pizarrón, algunos de ellos se levantaban o hablaban ignorando mi presencia, hasta que lanzaron un chicle hacia donde estaba que me hizo detener la clase. La mayoría del grupo comenzó a reírse, cuando sentí el golpe del chicle en mi espalda, sentí como el coraje encendió mi rostro y contuve el llanto, generado por ese acto.

— ¿Quién fue? Pregunté al grupo sin obtener respuesta.

Las palabras me salían entrecortadas, solo me miraban sin decir nada, así que comencé a recoger mis cosas, sin decir ya nada, solo quería salir de ahí y no volverlos a ver jamás, al ver mi reacción algunos de ellos comenzaron a decir:

— ¡Juan ya recógelo! ¡Ya se enojó! ¡Ya párate!

Ante la presión de algunos de ellos, Luis se levantó y riéndose fue a recoger el chicle, me miraba con cierta ironía, mientras yo terminaba de meter el material que llevaba para la clase a mi portafolio. En cuanto se sentó, por primera vez saque la fuerza dentro de mí para levantar la voz y hacerme escuchar.

—No estoy dispuesta a permitir sus groserías, no tengo ninguna necesidad de seguir aquí–. Solo yo sabía, que si requería ese ingreso para pagar el departamento y me sentía vulnerable al respecto–. Me he esforzado para que aprendan, pero no les importa, sé que algunos de ustedes no entrarán a la Universidad, porque la mayoría de los alumnos de estas preparatorias, serán empleados o dejarán de aspirar a una vida mejor, les es más fácil desertar que terminar y yo no vine a enseñar a mediocres que creen que siempre serán adolescentes y que la vida afuera será fácil sin ser responsables, no tengo porqué perder mi vida, ni mi tiempo con ustedes.

El grupo se quedó callado, ya no me importaba lo que fueran a pensar o decir, tomé mi portafolio y me salí, sin decir más nada, estaba molesta, no quería escuchar a ninguno de ellos y me dirigí a la oficina del área para hablar con mi jefe sobre mi renuncia a seguir con ese grupo. Él escuchó atento e intentó tranquilizarme, diciendo que hablaría con ellos, pero que no dejara al grupo sin maestro, me permitió irme a casa para que lo pensara bien ya que estaba condicionada a seguir renovando el contrato, dependiendo mi desempeño.

Salí de la preparatoria pensando sobre lo que haría si no continuaba dando clases , y cómo pagaría los gastos que ahora eran más grandes. Por el momento no había otra elección, tenía que seguir hasta terminar el semestre para poder buscar un nuevo trabajo. Se llegó nuevamente el día de clase y tuve que regresar con ese grupo, caminaba despacio en el pasillo del edificio, sin querer llegar al salón, al escucharlos a lo lejos, sentí como el estómago se contraía, respiré profundo para darme valor antes de entrar y pasé directamente al escritorio para dejar mis cosas, estaba esperando lo de costumbre, callarlos para iniciar, pero algo sorprendente estaba sucediendo. Ya no era necesario, estaban todos en silencio esperando la clase, no podía creerlo, sabía que cuando ya no querían a un maestro, todos se ponían de acuerdo dejando de entrar al salón hasta que el profesor desistía y de alguna manera yo estaba esperando lo mismo para mí.

Inicié con el programa del día, siendo la dinámica con el grupo completamente diferente, participaban y estaban atentos durante la hora que estuve con ellos. Me sentía muy contenta, las demás sesiones fueron similares, sin conflictos, así que me animé a presentarle a mi jefe. Enrique, el proyecto que había llevado en la universidad como "Emprendedores de negocios" para aplicarlo con el grupo, esperando su aprobación.

—¿Estás segura que quieres llevarlo a cabo con ese grupo? Además, es muy ambicioso y te queda poco tiempo para terminar el semestre con ellos.

Yo estaba dispuesta a realizarlo, dedicarles más tiempo si era necesario y mi insistencia lo llevó a autorizar el programa. Comencé a organizar los grupos de trabajo enseñándoles los puntos a seguir para crear sus empresas, estaban muy animados buscando crear negocios rentables con poco presupuesto, para presentarlos al final del semestre y se me ocurrió que su lanzamiento se llevara a cabo en el auditorio de la preparatoria como un evento especial. Hablé con Enrique para hacer uso del lugar, argumentando todo el esfuerzo que habían realizado los alumnos y los cambios que esto estaba generando en ellos, aumentando su autoestima y su espíritu emprendedor. Él me apoyaba aún sabiendo que esto no era lo esperado por el plantel y por tal motivo no podía ser expansivo a los demás grupos para ser invitados a la presentación.

Cuando le comenté al grupo, se emocionaron de la importancia que estaba dando a sus proyectos y les pedí que solo por esa ocasión, asistieran con ropa formal, acorde a la formalidad de su empresa.

—¡No maestra, eso no, yo no cambio mi forma de vestir!

—¡Solo por esta ocasión! será una experiencia diferente, se los prometo.

Llegó el día, todos se veían completamente diferentes, algunos alumnos de otros grados se asomaban por los pasillos para ver pasar a mis alumnos, había quienes les chiflaban y lanzaban piropos a las chicas, ellos mostraban un rostro de indiferencia ante aquellos que los miraban, dirigiendo solo sus pasos hacia el auditorio que se encontraba a la entrada del plantel, ya dentro de él, comenzaron los nervios de ellos ya que estaban algunos maestros y Enrique como espectadores. Tuve que hablar con ellos para tranquilizarlos.

—Hay retos en la vida que merecen ser vividos sin pensarlos, permítanse explorar de lo que son capaces cuando no los vence el miedo y se miran grandes, como yo ahora los veo –les dije, sintiéndome satisfecha de lo que habían logrado.

Un aire de confianza se depositó en el grupo, comenzaron a presentar sus proyectos, marcando los puntos importantes y como lo habían llevado a cabo. Algunos de ellos titubeaban pero los demás los apoyaban creando un equipo fuerte y empático.

Los invitados estaban sorprendidos con sus exposiciones y la formalidad como lo estaban presentando, desconocían completamente al grupo, incluyendo a Luis que había asistido de traje y su proyecto era uno de los mejores. Al final los felicitaron por su desempeño y a mí por impulsarlos a hacer algo diferente e innovador.

Ellos estaban felices y orgullosos de lo que habían logrado y yo me sentía contenta de verlos así. El último día de clases les pedí que evaluaran mi desempeño y algunas sugerencias para mejorar mis clases.

Eran notas con expresiones de agradecimiento y cariño por lo que les había aportado a sus vidas que aún sigo guardando en mi corazón, para la mayoría de ellos ya eran sus últimos días en el colegio, ya que habían terminado la preparatoria.

Me despedí de ellos con cierta nostalgia.

—Nunca dejen de soñar, no limiten el tamaño de sus sueños, porque algún día cobrarán vida, cuando menos se lo imaginen, sabrán que siempre estuvieron ahí, esperando el momento preciso para ser vistos.

Me escuchaban atentos, mirándome de manera diferente, ya no como una maestra, tal vez como la amiga que sabía lo que estaban sintiendo.

—Algún día volverán a saber de mí - lo cual provocó algunas risas.

—Es verdad, no se rían, sé que así será – les agradecí desde mi ser lo que también habían hecho por mí y volví a sentir la vida, que por poco la perdía, deseándoles lo mejor.

Se llenó nuevamente mi alma de energía y fuerza para seguir mi camino, quizás en este momento alguno de ellos esté leyendo este libro y recuerden las palabras que se quedaron resonando en ese salón, al saber nuevamente de mí, después de 26 años.

Continué dando clases en otros planteles del Colegio de Bachilleres por un año más hasta que decidí iniciar un proyecto junto con una amiga de la Universidad, ya había pasado un año y Raúl ya no me había buscado, creyendo que era lo mejor para ambos.

7
Asiento número 17

Se desnudaron de mentiras
llenando de caricias
sus historias compartidas
uniéndose en esta
y tal vez en otras vidas.

La vida ya no me permitía seguir engañándome, ni sujetarme de ese matrimonio que ya no existía.

Me conformé con poco y tomé como mía la creencia "El amor lo perdona todo" permitiendo ser lastimada, como muchas que se quedan esperando a que todo cambie y que el tiempo sane o repare lo ya destruido.

¿Y qué había pasado para sentir que merecía poco? o acaso ¿no era lo suficientemente digna para recibir amor sin las ataduras de mi historia? ¿de quién repetía su vida?

Eran tantas creencias grabadas en mi, que no podía discernir lo que me estaba pasando y desde hace cuánto tiempo me había alejado de mi amor propio.

Las noches eran insoportables, mi mente no dejaba de pasar una y otra vez escenas de recuerdos que me lastimaban y los porqués jamás tenían respuestas, me sentía morir, aun teniendo a mis hijos a mi lado. El vacío ya no me dejaba salir, ahora era su prisionera, mi desesperación por gritar y pedir ayuda no eran escuchadas como lo esperaba, los lamentos desgarraban mi alma al sentirme humillada, desplazada, parecía que mi vida estaba detenida, sin importarle mi dolor y no quería dejar que huyera, evadiendo la realidad como siempre lo hacía para no tocar mi infelicidad.

Cada noche mi ser esperaba un encuentro conmigo, estar sola para sentirme, mirarme, regresar por mí, pero desconocía el miedo que ya me tenía.

Las horas pasaban sin detenerse, no podía dormir, la ansiedad se hacía presente y le había ganado nuevamente a un corazón lastimado, que no sabía defenderse.

Sonó la alarma de las 5 a.m., otro día más había sido imposible descansar, lo único que me hacía levantarme era la ilusión de salir y olvidar todo por un instante, alejarme de esa casa que algún día fue el proyecto de ambos. Ya tenía mi maleta lista, lave mi cara sin mirarme al espejo, no toleraba verme, ya no me reconocía, me dolía estar fracturada, sin brillo en los ojos y las ojeras comenzaron a mostrarse con mayor intensidad.

Subí a la recamara de mis hijos, me despedí de ellos aun estando dormidos, en silencio, no quería que siguieran viendo a una madre sin fuerza, sin vida, no soportaba seguir lastimándolos y con la poca energía que me quedaba, salí conteniendo el llanto para no ser escuchada.

Ya no quería mirar atrás, me dirigí a la central de autobuses, huyendo de todo y de todos, no permitía que nadie se me acercara o me preguntara qué me estaba pasando, porque ni yo lo entendía, solo deseaba que pasara rápido el tiempo para dejar de sentir todo lo que estaba ocurriendo, que me pesaba como una lápida y me sepultaba en vida.

Tomé el autobús rumbo a Guadalajara y como siempre pedí el asiento 17 (es el día de mi cumpleaños) del lado de la ventanilla, fueron varias horas de viaje, acompañada de mi soledad que aún se aferraba a mí aun sabiendo que la evadía.

Recorrí la cortina, nos fuimos alejando de Querétaro, había neblina, no se podía ver hacia el horizonte y mi nostalgia aprovechó, para hacer llegar la imagen de Elena, solo fueron dos veces que los vi juntos y le rogué a la vida jamás volverme a cruzar con ella.

Era mi alumna del Centro de Apoyo para Mujeres en el cual impartía clases como voluntaria. Tenía dos años que me encontraba ahí y ella llegó a tomar clases de Acondicionamiento conmigo. Era una mujer bajita de cabello largo, negro, siempre estaba riendo, parecía que todo el tiempo se encontraba alegre y algunas veces se había acercado para preguntarme o agradecerme por la clase e incluso llegó a estar en alguna plática en desarrollo humano que me había tocado impartir.

A los pocos meses de conocerla la invité a ella y a otras alumnas a tomar clases de pilates conmigo en el centro donde también se encontraba mi marido y ella junto con otras dos alumnas se incorporaron. Ella aprovechó para que Carlos la entrenara, decía que quería estar en forma. Cuando se enteró que yo era fisioterapeuta le regaló una terapia a su novio conmigo.

Carlos decía que era una mujer muy agradable, risueña y que de todos sus chistes se reía, yo lo escuchaba, me era chistoso imaginarme la escena porque también ella parecía una niña cuando algo le sorprendía. Ella comenzó hablar más con él sobre su vida personal y le sugerí que le dijera que acudiera a terapia, por lo que a ella le había sucedido. Me agradaba que se sintiera en confianza y le gustara ir al gimnasio, aunque ya no tomaba clases conmigo.

A los pocos meses Carlos me dijo que se sentía muy mal, que se le había bajado la presión y me pedía que le llevara un jugo al negocio. Vivíamos a unas cuadras por lo que fui inmediatamente antes de que posiblemente se pudiera desmayar, pero al subir las escaleras, me consternó verlo muy contento, sonriente, platicando a solas con ella y al verme, ella cambió su semblante, él no dijo nada, le entregué el jugo y no me despedí de ella, ni él tampoco se veía enfermo. Esperé a que llegara y le reclamé porque no comprendía por qué si se sentía tan mal, al lado de ella no se le veía. Él me dijo que estaba loca e imaginaba cosas que no eran y que no pasaba nada entre ellos. Al pasar de las semanas volvía a esconderse con el celular en el baño, borraba los mensajes que tenía con ella, porque según él la memoria de su celular ya estaba llena.

Le pregunté si quería estar con ella, pero todo lo negaba, decía que solo estaba dañando a mis hijos con mi inseguridad, además ella tiene pareja y tenía razón. Deseaba creerle pero su distanciamiento era aún más notorio y nuestras discusiones ya eran más constantes.

8
Media naranja

No le gusta cepillarse
prefiere dejar libre su cabello
empapar su cuerpo de campo y estrellas
bailar de puntillas
dando giros en la tierra
hasta sentir que su alma
surca el cielo, las montañas y las praderas.

E ra tímida y desde pequeña vendía de manera clandestina en la primaria y secundaria dulces para tener mi propio dinero, no era porque mis padres no tuvieran lo suficiente para mí, hasta ahora comprendo que fue una manera de relacionarme con los demás ya que tenía miedo al contacto con los hombres y la vida me había puesto en un grupo con 47 de ellos en el taller de Mecánica Automotriz.

Aprendí a hacer donas en un curso de panadería a mis 14 años, mis papás me ayudaban a prepararlas para que, recién hechas. se vendieran los domingos por la mañana en el centro del pueblo, pasando de casa en casa. Mis hermanos también me acompañaban, solo mi hermana Denise que era menor que yo por 11 meses protestaba por tener que salir a vender, a ella no le gustaba, pero mis papás preferían mandarnos juntos.

Las manualidades y todo lo que implicara utilizar la creatividad me encantaba, siempre buscaba la manera de aprender para llevarlo a la práctica. No necesitaba estudiar muchas horas, mi memoria era brillante y cumplía con todo para tener las mejores calificaciones, logrando reconocimientos académicos.

A mi mamá le gustaba que le declamara la poesía "La suave patria" era su favorita, porque en la cuarta o quinta estrofa ya estaba roncando.

Los martes saliendo de la secundaria se ponía el tianguis, pedíamos pruebas de frutas mi amiga y yo, por lo general, nos la daban sin partir, algunas las comíamos durante el camino, otras se las llevaba a mi mamá, ya que estaba embarazada de mi hermana más pequeña, parecía que era diferente el sabor mientras la comía y me gusta verla disfrutar de lo que le llevaba.

Los sábados nos levantábamos temprano para ver los pastelitos y pan que traía mi papá del trabajo, después de haber llegado del tercer turno. Eran paquetes que les vendían a los trabajadores a bajo precio por ser mercancía próxima a caducar y el primero de nosotros que se levantara, gozaba de elegir el mejor y más rico pastelito, por las tardes nos íbamos en familia al cine, a Cd. Sahagún, pagando boletos a bajo costo, ya que era una prestación para los trabajadores de *Concarril,* la fábrica en donde se encontraba mi papá.

Las funciones eran de "permanencia voluntaria" y nuestra voluntad siempre era demasiada, así que nos quedábamos a ver dos funciones.

Sabíamos que estaríamos varias horas ahí, así que mi mamá compraba bolillo, chicharrón, aguacates y queso. Nos esperábamos un rato en el parque, hasta que dieran las 2.45pm. era un punto de reunión en donde varias familias hacían lo mismo para entrar al cine.

Ya que apagaban las luces, en la segunda función comenzábamos a pasar la voz.

— ¡Mamá tengo hambre!

Entre mi papá y ella preparaban las tortas, de repente se oía el crujir del chicharrón y las personas de las filas próximas nos callaban, así que teníamos que esperar más tiempo para recibir una torta o repetir si sobraba pan. Siempre ponían el estreno al final y podíamos pasar varias veces al baño antes de que iniciara la mejor película, algunas de ellas se quedaron guardadas en mi. Recuerdo el miedo que nos provocó "El exorcista" nos hizo subir los pies en las butacas y por varios días no pude dormir por miedo a sentir que estuviese en mi cama o me imaginaba a E.T. viajando con él en su nave espacial y cuando había algunas escenas de erotismo, nos tapaban los ojos, los que nos encontrábamos más lejos nos obligaban también hacerlo, aunque el oído en ese momento ya estaba más atento y la imaginación no se detenía por completo. Eran sábados que por varios años nos hacían estar juntos en ese cine llamado "La media naranja" hasta que la fábrica se privatizó y muchos obreros incluyendo mi papá fueron despedidos.

Salíamos aprisa para alcanzar transporte, ya que a las 9 p.m., se terminaba y generalmente mi papá tenía que pagar taxi a un precio alto, para la corta distancia, en la que se encontraba el pueblo.

Llegábamos cansados y al dormir, las películas seguían reproduciéndose en mi mente, tomando la escena que más me había impactado, para volver a revivirlas hasta que llegara el siguiente fin de semana, para cambiarla por otra nueva.

Me gustaba estar ahí cuando era pequeña, pero no quería seguir el resto de mi vida en ese lugar donde las aspiraciones y oportunidades eran muy pocas. Se limitaban a ser madre, a corta edad o trabajar en la fábrica y esperar a un hombre que no fuera demasiado borracho. Así que aprendí a ser independiente, cada que podía me alejaba, buscando entrar a escuelas que me fueran acercando a la ciudad. Era tanta mi insistencia que con lágrimas y excelentes calificaciones mis padres se convencieron de mi espíritu libre y ya no era tan fácil hacerme desistir para quedarme.

Hasta que al alcanzar los 15 años ya no quise seguir la preparatoria en cd. Sahagún, añoraba estar en la ciudad, en una institución más grande con mayores oportunidades. Y sin pensarlo detenidamente mis padres, me dejaron ir a la Ciudad de México, con la condición de regresar si no pasaba el examen de admisión. Me quedaría a estudiar como mis hermanos, en escuelas más cercanas y jamás volvería a intentarlo.

Estaba tan feliz, que no medía la magnitud de mi petición, ni las pocas posibilidades que tenía para lograrlo, viniendo de una provincia y queriendo entrar en alguna de las preparatorias más demandadas de la ciudad incorporadas a la UNAM.

Para ellos era difícil tener a un hijo estudiando fuera, ya que mi papá era obrero y vivíamos al día. Pero les fue imposible decirme que no, al ver mi entusiasmo y persistencia. Me iría a vivir con mis tíos y mis primos de 8, 5 y 3 años, a la delegación Magdalena Contreras hasta el sur de la ciudad de México.

Contaba los días para mi partida, un día antes de que llegaran mis tíos, comencé a empacar mi ropa, eran pocas cosas, no recuerdo que llevara maleta, solo bolsas casi vacías pero llenas de alegría e ilusiones.

Llegó el día, mi mamá me daba indicaciones de ayudar en las labores de la casa y cuidar a mis primos y mi papá de prepararme para el examen y no dar problemas. Entre bendiciones y recomendaciones me subí al carro, no lloré ni imaginé lo que estaba por vivir, quizás si lo hubiera sabido, tal vez me habría esperado a crecer un poco más porque ahora comprendo que a esa edad, aun me hacían falta mis padres.

Mis hermanos me miraban sin entender porque ya no quería seguir en casa y me iba más lejos, creían que seguramente regresaría muy pronto.

9

Medias de nylon color humo

No te fuiste
me quedé en el olvido
dejaste de mirarme
como antes lo hacías
tu corazón ya no suspira
me he quedado en el vacío
no terminamos
solo se quedó suspendido
creí que nos amábamos
cuando abrazabas mi alma
para tocar el universo
haciendo que la vida
cobrara sentido.

Pasaron varias horas sin hacerme consciente de ello, los recuerdos parecían cobrar vida en cada lugar por el que pasamos, comenzó a oscurecer y llegué a casa, seguía callada, sin nada que decir, no aceptaba la realidad, deseaba que fuera un sueño y esperaba que se arrepintiera para que me buscara, seguramente fingiría estar molesta, para regresar a los pocos días y haríamos el amor con mayor intensidad, uniendo aún más nuestras almas.

Pero no fue así, pensé que lo olvidaría, que sería fácil continuar sin él. Su aroma se había quedado incrustado en mi piel, mi corazón lloraba su ausencia, todo de él lo añoraba, sus caricias, sus besos, sus locuras y después de varias semanas sin saber de él, dejé de encontrar motivos para vivir.

Perdí el apetito, ya no tenía sabor el alimento, nada me importaba, iba al trabajo solo por inercia. En la oficina comenzaron a notar mi desánimo y me preguntaban al respecto, pero yo no tenía ganas de hablar con nadie, no quise ver a mis padres, me ausenté más tiempo, argumentando que tenía mucho trabajo, que la tesis me absorbía también los fines de semana. Mi mamá había notado la última vez que nos vimos, mi pérdida de peso, me pidió que comiera mejor, que no me presionara por la titulación.

Después de varios meses de nuestra ruptura, me levanté tarde ese sábado, salí a buscar un teléfono de monedas para hablar con mis padres y decirles que no iría nuevamente ese fin de semana, que tenía algo importante por hacer ese día, solo fueron pocas palabras que crucé con ellos, colgué y regresé a casa, solo para ir por un poco de dinero e ir al jardín, en donde Raúl y yo a veces solíamos estar. Llegué al lugar, ahí pasábamos horas platicando, cerca de la facultad de Contaduría de la UNAM no había nadie, y para mí era mejor estar así, me senté en el pasto, recargada en un árbol, dejé que mi mente trajera las escenas de esos momentos, parecía tan real, nos veíamos juntos otra vez, escuchaba su voz, su risa, la forma como me hablaba, me abrazaba, mi expresión cuando estaba con él y la fuerza que me transmitía.

Recordé a mis compañeros de la Universidad, en especial a mi equipo de clase, éramos 8, siempre nos apoyamos para ser los mejores, se preocupaban por mí, porque sabían mi situación y siempre me elegían como líder del equipo.

Jamás me convulsioné cuando caía de los árboles, pero la última vez fue en la Universidad, cuando un dolor menstrual muy intenso me hizo caer al llegar al salón, Javier me levanto, corriendo a enfermería porque no sabían qué hacer. Cuando comencé a estar consciente ya estaba siendo atendida, mis amigas estaban muy espantadas, no imaginaban lo que pasaba dentro de mí, ni yo comprendía que había asociado el dolor, con los golpes de mi infancia y la convulsión era una manera de evadir mi realidad.

Solo algunas lágrimas recorrían mis mejillas, no dejaba que las escenas se desvanecieran ni que el viento se las llevara, me sentía anestesiada con cada recuerdo, todo estaba nuevamente transcurriendo en ese lugar y el árbol me sostenía para no desfallecer con lo que estaba sintiendo. No tenía prisa, ni motivos que me animaran a seguir, me levanté y caminé de regreso, pasando por lugares que ya antes había recorrido durante mi época universitaria. Después de varias horas, mis pies se negaron a caminar y fue en ese momento que me detuve, estaba a un lado del hospital de maternidad y busqué dónde sentarme.

Había gente esperando afuera, algunos hombres llegaban con ramos de rosas para las mujeres que acababan de dar a luz, salían pálidas, con una pañoleta en la cabeza caminando muy despacio, apenas podían moverse de manera natural, necesitaban ser sostenidas por la pareja y emanaban amor al llevar ahora a su bebé en brazos. Comenzó a invadir una inmensa tristeza a mi corazón al saber que yo no lo viviría, suspire profundamente y tome el microbús hacia la casa. Mi vista estaba fija en la nada, en el vacío inmenso que invadía mi existencia, llegué sin darme cuenta del camino, abrí la puerta y me dejé caer en la cama, eran dos cuartos, ubicados hasta el fondo, estaban oscuros y fríos, hacía unos meses que me había cambiado a vivir a esta vecindad para estar más cerca de la preparatoria del Colegio de Bachilleres Plantel 15, y se ajustaba a lo que en ese momento podía pagar. Me habían contratado como maestra, impartiendo pocas horas y dependiendo mi desempeño podrían asignarme más tiempo.

Mi recámara era pequeña, sólo tenía mi cama, un mueble con mi ropa, mis libros, cuadernos de la universidad, otro espacio en donde cabía una parrilla pequeña y una mesa. Lo único favorable de ese lugar, era el baño que estaba dentro de la habitación y ya no se encontraba afuera como baño común de la vecindad. Los vecinos se encerraban en sus cuartos al regresar por la noche, viviendo bajo el estrés de la ciudad, sin importarles lo que sucediera con los demás, ya era bastante con cuidar de su vida.

Eran ya más de las 11:00 p.m. mi mirada estaba perdida, seguía recostada en la cama y no recuerdo hasta qué momento dejé de llorar. El techo era de láminas, tenía tubulares fuertes que formaban una cruz muy grande, sostenida por las paredes. Parecía que todo estaba suspendido, mi mente había dejado de pensar, fue en ese instante, que me levanté, tomé unas medias que estaban en el mueble, las estiré y me di cuenta que si soportarían mi peso. Ya no me importaba nada ni nadie, sólo estaba fija mi vista en la altura del techo y la manera en cómo debía atar las medias a él para colgarme, tal vez subiendo una silla en la cama podría ser más fácil.

Tome la silla, la acomode en la cama, todo estaba ahí, únicamente lo que necesitaba para acabar con mi vida. Se que nadie iría a mí auxilio, todos tenían sus propios infiernos y no veían a los demás, no sé cuántos días o cuánto tiempo pasaría para que me pudieran encontrar.

Quizás así Raúl sabría que no había podido continuar sin él. Me subí a la silla, lancé las medias, pero perdí el equilibrio y al tambalearse la silla, terminé cayendo al piso. Fue en ese instante que el golpe me sacó del trance en el que estaba y me llegó la imagen de mis padres llorando al ver mi cuerpo colgado sin vida. Veía a mi madre deshecha gritando y recriminándose por haber dejado a su hija seguir un sueño que al final, le terminaría quitando la vida.

Y a mi padre pálido, sin fuerza, culpándose por no estar ahí para poder impedirlo. Tenia mucho miedo, estaba aterraba al comprender lo que estaba a punto de hacer, no quería en ese momento estar conmigo y a ese cuarto oscuro, no le importaba tampoco mi vida, ni mis sueños.

Me quedé tirada en el suelo y sentí en ese instante a la muerte a mi lado, esperando que me levantara para volver a intentarlo. Me aterraba tenerla cerca de mí y me encogí en posición fetal, necesitaba regresar al vientre de mi madre, me sentía completamente sola, deseaba que me acariciara, que me regañara por querer quitarme la vida que ella me había dado. Añoraba que mi papá me protegiera y hablará conmigo, que me hiciera comprender mi falta de valor para afrontar la partida de Raúl y entender que él no había detenido su vida por mí y yo no tenía por qué acabar con la mía.

Deseaba que me mostraran la luz dentro de ese túnel, en donde yo me encontraba, para no hundirme en la desesperación, pero no estaba nadie, sólo existía la posibilidad de terminar con todo y cerrar la historia de mi vida.

Me quedé dormida, hasta que el frío de la madrugada me hizo despertar, estaba muy cansada, no tenía fuerza y me atormentaba seguir pensando, fue entonces que me levanté y me metí entre las cobijas, temblando de frío, no sé cuánto tiempo había pasado. No comenté con nadie lo sucedido, me lo callé, no quería dar explicaciones ni escuchar consejos, no comprenderían lo que estaba sintiendo, ni el vacío que lastimaba mi corazón.

Pasaron los días y el fin de semana siguiente, preferí ir a Hidalgo, ya no quería estar más tiempo sola en ese lugar y fue entonces que decidí salirme de la vecindad, la estancia ahí me estaba lastimando aún más, era una proyección de mi tristeza y la desilusión en la que me encontraba.

10

Jardines del Pedregal

Disfrutaba escribir
cuando su corazón se lo pedía
y dejaba que sus estrofas
se las llevara el viento
no dejó ningún escrito
ni rastros en su camino
solo sé que agradeció
haber nacido.

Llegué a casa de mis tíos, era una vecindad en la colonia *El Tanque*. La casa era muy pequeña, solo tenía dos cuartos unidos, estábamos muy apretados, no había espacio para sentirse libre y todos en la vecindad vivían igual. Tenía que recorrer grandes distancias para ir a otros lugares o visitar a mis demás parientes que vivían en el estado de México.

El punto de reunión entre los vecinos eran los lavaderos, era el momento en donde se desahogaban con pláticas, que duraban el tiempo que estuvieran lavando, todos sabían la vida de los demás, pero nadie decía nada porque guardaban muy bien el secreto cuando estaban frente a la persona de la cual habían hablado. Y aun antes de que yo las conociera, ya estaban enterados del por-qué estaba ahí y eso me permitió ya no ser cuestionada.

Mi tío me consiguió una guía de preparación para el examen con la hija de una clienta que ya había ingresado ahí un año atrás y con esta estudiaba todo lo que podía.

Salió la convocatoria de ingreso y mi tía me acompañó para re-gistrarme, me atemorizaba ver a tanta gente, eran filas enormes de aspirantes, sólo quedaban unas cuantas semanas para presen-tar el examen. El día por fin llegó, me tocó en el colegio Español, llevaba puesta mi falda larga azul ultramar, era la única prenda que tenía a la moda y mis botines blancos de tela que me encanta-ban. Éramos muchísimos y mi tía me dio indicaciones para no per-derme al salir, señalando el lugar en donde ella me estaría espe-rando.

Entré al salón, miré a todos los demás, respiré profundo y em-pecé a contestar. En menos de una hora, algunos habían finalizado, el salón poco a poco comenzó a vaciarse, no entendía cómo con-testaban tan rápido y yo no podía terminar, pasó el tiempo hasta que solo quedaban 15 minutos para entregar y rellené los óvalos que faltaban como fuera, hasta que nos pidieron entregarlo. Fui la última en salir, me sentía desanimada, lo había intentado, creía que tenía muy pocas esperanzas de ingresar. Caminé, tratando de recordar el lugar en donde me estaba esperando mi tía. Ella se de-sesperó porque ya no había casi nadie y al verla me sentí recon-fortada. Miró mi rostro y sin decirle nada, sabía lo que había suce-dido, me compró una paleta de hielo y de camino a casa no habla-mos nada. Tomamos el microbús y me perdí viendo a través de la ventanilla a la gente con su prisa por avanzar más rápido y yo solo pensaba en lo que haría, si no era aceptada.

La respuesta de ingreso o rechazo llegaría por correo, así que todos los días asistía a la oficina de correos. Ya me conocían y antes de preguntar por la correspondencia movían la cabeza y me decían:

— No, aun no llega, no es necesario que vengas, en cuanto esté la correspondencia lo llevaremos a tu domicilio –pero lo único que lograron es que solo fuera dos o tres veces por semana y no diario.

Hacía ya dos meses que no veía a mi familia, no había manera de comunicarme con ellos ya que no teníamos teléfono en casa, ni tampoco mis tíos, la única forma de hacerlo era a través de una comadre que vivía cerca de la casa de mis papás donde les podía avisar que les llamaría. Mi tío consiguió con un vecino un teléfono para poderles marcar, el servicio telefónico era muy caro y no todos tenían fácil acceso a uno.

Las llamadas eran muy cortas, había mucho que decir y poco dinero para pagar, así que se resumía en:

— Si estoy bien, aún no llegan los resultados, si ayudo a mi tía en la casa y cuido de mis primos –eso era todo y esperaba otras semanas para poder nuevamente comunicarme con ellos.

Por fin comenzó a llegar la correspondencia, varios eran sobres grandes rechazando su ingreso y el día que no fui a correos llegó el mío. Tocaron la puerta de la casa para avisarme que preguntaban por mí en la entrada y salí temerosa, pensando en cómo esconder mi sobre dentro del suéter que traía puesto, para que los vecinos no lo vieran. Avancé despacio hacia la entrada y el cartero que ya me tenia muy bien identificada con una sonrisa me dijo:

— ¡Felicidades!

Me entregó un sobre pequeño, no lo podía creer, lo había logrado y al dar la vuelta, los vecinos como siempre, ya lo sabían y me felicitaron, ellos también comprendían lo que esto significaba para mí. Ese pequeño sobre contenía mis sueños y la separación de casa, ya no vería a mis padres envejecer, ni crecería junto con mis hermanos, dejaba de escribir las anécdotas de nosotros, viviendo juntos en el pueblo.

Cuando les llamé para darles la noticia, estaban muy contentos, ellos imaginaban que regresaría a casa y que ahora sí, dejaría de huir para aceptar quedarme en el pueblo, pero no fue así, mi madre definitivamente soltaba a su hija. Ahora que la vida me pone del otro lado, comprendo lo difícil que fue para ella y el valor que tuvo para guardar su tristeza y no pedirme que me regresara.

Como yo también lo hice, cuando mi hijo mayor a sus 20 años decidió irse de la casa a otra ciudad, no quise que me viera triste, sobre todo porque él estaba muy contento al seguir sus sueños de pintor y muralista y eso implicaba dejar la Universidad para irse a Guadalajara.

Antes de partir le pedí que me escuchara para compartirle, lo que había significado para mi ser su madre y como lo había visto crecer haciendo lo que le gustaba. Dibujaba desde muy pequeño, él no jugaba con carritos, prefería pinturas y cuadernos grandes. Le recordé algunas anécdotas de su infancia, donde dejaba su imaginación volcarse, logrando lo que él se proponía y dándole vida a su talento con el dibujo y la pintura. Me escuchaba atento, estaba sorprendido de algunos momentos que él ya había pasado por alto, pero que yo sabía que necesitaban ser recordados antes de irse.

—¿Te acuerdas hijo, cuando a tus casi 4 años vendiste tu primer dibujo de super héroes? – Uriel sonrió y se iluminaron sus ojos de alegría.

Estábamos en Montreal, ese día escuchaste que se acercaban los recolectores de reciclaje, recuerdo que me dijiste que saldrías a vender tus dibujos, yo creí que era una broma, pero no fue así, tomaste la cinta para pegarlos en la reja del jardín y junto con tu amiguito David te saliste para comenzar a colocar los dibujos de manera horizontal. Desde la ventana te veía, me causaba asombro lo que estabas haciendo, te encontrabas emocionado, cuando se acercó el personal de limpieza por el reciclaje, les mostraste tus dibujos y al poco rato entraste feliz con un dólar en la mano. Me sorprendió tu entusiasmo y la confianza que en ese momento tuviste para lograr lo que tu querías, me pediste que te llevara a comprar algo a la tienda para ti y tu amigo, dijiste que también ahorrarías un poco del dinero, de lo que habías ganado.

Suspiró guardando ese recuerdo que ya estaba tatuado en él. Lo abracé, agradeciéndole por lo que juntos habíamos compartido, tenía exactamente un año de mi separación con su padre y ahora la vida me pedía dejarlo ir también a él, sabía que aunque me doliera, ya era el momento, para que él continuará su camino y la vida le siguiera enseñando lo que necesitaba aprender.

Dejó su cuarto todavía con algunas pinturas, cada que las miraba, mi corazón se introducía en ellas llorando su ausencia. Mi alma sentía el desprendimiento de mi hijo, pero la conexión de madre e hijo que tenemos, sin importar la distancia, jamás se rompería. Todos los recuerdos entrelazados, ahora se soltaban, solo le pedí a la vida que lo guiara, lo cuidará y mi ser también lo abrazó, alegrándose al saber que el universo tenía con él, acordado este encuentro.

Y creo que así fue para mi mamá, ya que dejaba a su hija continuar con su vuelo y ningún otro hijo cubre el espacio del que se va y se desprende de la familia.

Para mi papá también fue una alegría muy grande, pero también una preocupación, ya que tendría que pagar mis estudios, sabiendo que no había lo suficiente para hacerlo, su temor más grande era el que regresará al pueblo embarazada y en lugar de una mochila con libros, terminará con una pañalera, sintiéndose responsables por dejarme ir.

Abrí el sobre, decía que era aceptada como alumna en el Colegio de Ciencias y Humanidades Plantel Sur, en el turno de 5 a 9pm. un bachillerato que no tenía ni idea de dónde estaba ni cómo era, pero era requisito elegir tres opciones de planteles.

Un domingo, mis tíos me llevaron a conocerlo y lo poco que se podía ver, era mucha vegetación con varios edificios alrededor, me explicaron los autobuses que tenía que abordar para llegar ahí y cómo regresar a la casa ya que solo faltaban algunos días para entrar.

El primer día de clases me fui más temprano para poder conocer el plantel, me sentía emocionada y un poco nerviosa desde el momento en el que abordé el autobús, cuando llegué me sorprendí de lo enorme que estaba, jamás había visto un colegio tan grande y no me alejaba mucho de mi salón para evitar así perderme. Éramos un grupo grande, la mayoría nos sentíamos raros y esto dio pie para poder acercarnos.

No tuvimos todas las clases y como era de costumbre con los de nuevo ingreso, los de últimos semestres se hacían pasar por maestros, nos atemorizaban con tarea y exámenes sorpresa, actuaban tan bien que nadie creímos que era una farsa, solíamos hacer todo lo que nos pedían y era desagradable cuando conocíamos al verdadero maestro, habiendo hecho por tal motivo, tareas sin sentido.

A las 9:00 de la noche terminamos, mis compañeros se fueron a la parada y yo me quedé a esperar a mis tíos, creyendo que por ser de noche y siendo el primer día pasarían por mí, pero no fue así, al dar las 9:20, me encaminé aprisa por la calle para tomar el autobús, era la primera vez que viajaba sola de noche en la ciudad, sentía que mi corazón quería salirse del pecho. Llegue después de las 10:30pm. espantada, pensando que tal vez ya habían salido a buscarme, pero no fue así, mis tíos estaban viendo la televisión y no estaban preocupados. En ese momento comprendí que ahora yo me hacía responsable de mí, que tenía que aprender a cuidarme y ya no estaban mis padres, esto me causó cierta nostalgia, sabía que tenía que pagar el precio, si quería continuar mis sueños.

La ciudad de México me recibió con la música de los 80, sus marchas, sus museos, el metro, sus danzantes, sus múltiples negocios, una cosmovisión diferente de la vida y el estrés de todos los días. La gente siempre tenía prisa, nadie se detenía a saludar a nadie, parecía que solo existían ellos, no podían parar, como si alguien los estuviera siguiendo, pero no me importaba estar en un lugar en donde no sabían de tu existencia, como sucedía en el pueblo que con solo preguntar tus apellidos, ya sabían todo tu linaje.

El CCH Sur era hermoso, tenía salones en desnivel, es decir no era un terreno recto, esto lo hacía ser muy diferente a los colegios tradicionales, estaba lleno de vegetación con espacios donde poder estar y disfrutar de la naturaleza. Comencé a ser más sociable, mis compañeros eran muy agradables, siempre buscaba personas parecidas a mí para hacer amistad, ya no era de las mejores en clase, pero, aun así, no dejaba de esforzarme por tener buenas calificaciones.

Para mis papás ya era complicado costear mis estudios, así que comencé a vender calcomanías, gomas, bolígrafos , cosméticos y accesorios para mujer con mis compañeras y en la vecindad, además de esto, ofrecía bombones y plátanos con chocolate que preparaba en las mañanas o los fines de semana. Aprendí a moverme en la ciudad, me iba al barrio de Tepito (un lugar peligroso, pero con mercancía muy barata) miraba a la gente y empecé a imitarlos, caminando aprisa como ellos, cuidándome y escondiendo muy bien mi inocencia para no ser asaltada o lastimada.

Fue también en la prepa cuando supe lo que era llorar por reprobar la materia de matemáticas, creyendo que era lo peor que me había sucedido y las palabras de mi papá me alentaron para no dejarme caer.

—Perdiste una batalla, pero no la guerra –me dijo creyendo en mi potencial.

Y ese evento quedó como una experiencia que jamás volvió a pasar, logrando ser la mejor en matemáticas, incluso en la Universidad.

La preparatoria se fue deprisa, fue ahí donde tuve mi primer globo gigante con un peluche dentro y papelitos con palabras amorosas el 14 de febrero. Hice uso de lo aprendido en panadería a mis 15 años para elaborar deliciosas galletas de lombriz de tierra como proyecto de Supervivencia en Biología y las repartí a los niños de la vecindad y amigos que terminaban escupiéndolas en cuanto sabían su ingrediente especial. Invadí la casa de mi tía con mi caracolario y los echamos de menos cuando terminaron como tinga en un plato. A los 16 años con una carta de autorización de mis padres, comencé a trabajar medio tiempo en el departamento de dulces y juguetes de Sanborns, fue ahí donde probé los chocolates semiamargos y las mentas que le daban un sabor distinto a mi vida.

Nos internamos en la calzada de los muertos y sin ser conscientes de ello, la muerte fue soltando nuestros apegos para continuar desnudos. Quetzalpapalotl soplo en nuestro corazón transmutando así la materia, para alumbrar al espíritu del guerrero universal y regresar a la conexión del cosmos, mientras Quetzalcoatl nos observaba desde lo alto de la pirámide del sol y se deslizaba aprisa para llegar a la pirámide de la luna antes de que nosotros pudiéramos hacerlo, en Teotihuacán con Martín, el profesor de Estética, un antropólogo que amaba su profesión y nos compartió su gusto por la riqueza cultural mexicana. Canté *"La vie en rose"* con los maestros Martha y su hermano, ambos franceses de tez blanca y muy delgados. Recorrí monumentos, museos y guardé silencio cuando caminé entre los edificios de Tlatelolco y erizó mi piel las protestas y lamentos callados de los estudiantes del 68.

Agradecí a las personas el vaso con agua, o la capirotada con leche que me invitaban, cuando trabajé en el padrón electoral y las historias que me contaban cuando algún familiar ya se había separado de ese hogar.

Al término de la preparatoria obtuve el pase automático a la Universidad Autónoma de México en la carrera de Administración de Empresas en Ciudad Universitaria. Dudé en elegir Psicología y me incliné por Administración ya que era la más demandada en ese tiempo, pero el espíritu no se equivoca porque de alguna u otra forma siempre nos guía por el camino correcto y quizás no como imaginaba pero sí, como mi alma lo necesitaba.

Ya no se hablaba en casa sobre mi regreso, todas mis expectativas, estaban puestas en esa profesión y lograr tener una vida mejor. Tenía asignado el turno matutino y mi tiempo era más corto para estudiar y trabajar. Las idas al pueblo se postergaban aún más, pero no dejaba de ir a verlos, mis padres estaban orgullosos de lo que estaba logrando y me animaban a continuar, sin olvidarme de mis sueños.

II

Botella vacía

Una mujer que se ama
no se rompe para unir a nadie
está consciente de lo que entrega
también de lo que merece
ha aprendido a valorarse
y sabe decir adiós
cuando deja de engañarse.

Unas semanas antes de la boda, mi mamá y unas vecinas, decidieron organizar una despedida de soltera. Jamás había asistido a alguna y sabía que el alcohol no podía faltar y los juegos que te incitaban a tomar. Él me acompañó al pueblo para que pudiera estar en ese evento, yo estaba contenta, me habría encantado que fueran mis amigas de la universidad, pero por la premura del tiempo y la distancia les era imposible.

El lugar en donde lo organizaron estaba a una cuadra de la casa de mis papás, era la casa de Sofía, solo éramos cinco mujeres y entre ellas se encontraba mi mamá. La noche transcurrió entre risas, juegos y por supuesto alcohol, jamás había tomado tanto pero ese día sería la excepción porque yo era la festejada. A las pocas horas tocaron la puerta, era Carlos mi futuro esposo, que ya venía por mí y fue mi mamá quien salió para hablar con él.

— ¡Déjela, está bien, yo la estoy cuidando, está contenta y ya casi terminamos! –contestó mi mamá.

Él no tuvo más remedio que regresar a la casa de mis papás a esperar, yo ya estaba ebria, no estaba acostumbrada a tomar y con pocas copas ya estaba fuera de mí, todo me causaba risa, tambaleaba al caminar y las demás estaban como si nada. Y nuevamente al poco tiempo Carlos volvió, pero esta vez muy enojado, tocó tan fuerte, que aún con el sonido de la música se escuchó y se metió sin que se lo pudieran impedir, me miró muy molesto.

— ¡Estoy bien!

— ¡Vámonos! –respondió sin permitirme volver a hablar.

Me sacó de ahí, sin que nadie pudiera hacer nada al respecto, porque también a ellas las ignoró. Todo me daba vueltas, no podía sostenerme al caminar, él estaba muy enojado y me insultaba por ser la alcohólica de un día, yo no sabía qué decir o hacer, apenas podía sostenerme, como para poder tranquilizarlo y no recuerdo si él me empujó o mi estado alcohólico me hizo caer, no me dolió, como pude me levanté, solo quería que se calmara y que mis padres no lo escucharan, para seguir guardando la imagen de una pareja que se amaba, además la boda ya era en pocas semanas.

No me acuerdo como llegué a la cama pero mi mamá al día siguiente estaba molesta con él y conmigo por permitir lo que ella también había visto. Yo me sentía fatal, tenía una cruda horrible y un dolor de cabeza que me molestaba. Él por su parte no me dirigía la palabra y decidimos retirarnos porque era incómodo para todos seguir ahí y como era de esperarse, él ya no quería casarse conmigo y yo no tenía el valor ni la fuerza para detener lo que apenas estaba por iniciar.

No sabía cómo afrontar esta desilusión ni suspender la boda, ya estaba todo listo, solo faltaban algunos días y le pedí llorando una oportunidad para demostrarle que no era esa mujer que él creía y terminamos casándonos en la fecha acordada. Ya había lastimado a mis padres con mi elección, como para anular la ceremonia, yo no quería aceptar mi realidad, creía que el matrimonio nos daría la madurez que necesitaba nuestra relación, como en los cuentos de hadas "Y vivieron felices para siempre" dejando el vacío sin ser visto y mucho menos sentido, esperaba que cambiara mi vida, con solo dejar una zapatilla pero ese acto llevaba escondido un precio muy alto, anulando así mis sueños, mi valía y todo lo que formara parte de mí, para encajar en una relación que desconoce mi verdadero ser y me sumé a la historia de muchas mujeres y hombres que nos adaptamos a las expectativas de alguien más, poniendo por debajo nuestro amor y respeto, recreando ilusiones en la mente para anestesiar lo que estamos viviendo. Esperando ser valorados sin que jamás suceda y con el paso de los años la sonrisa se desdibuja, la mirada se entristece, el llanto comienza a ser en vano y los reproches dejan de tener sentido. Y por miedo al abandono o al rechazo, nos enamoramos del maltrato, permitiendo humillaciones. Nos atribuimos el rol de sus padres o hermanos queriendo sanar su vida, reclamando el lugar de conyugue, cuando las infidelidades aparecen y la fidelidad a nosotros mismos ya ha sido aniquilada.

12
El entierro

Somos sensualidad y erotismo
cuando nos sentimos acariciadas
con amor y sin prisa
dejando entrelazar los cuerpos
en una danza en libertad
rompiendo el espacio y el tiempo
disfrutando de este encuentro.

Para mi madre la salida al maltrato y a los golpes fue mi papá a los 18 años, ya próxima a casarse, mi mamá llegó a su casa con su vestido de novia y mi abuela molesta con su decisión, arrojando su vestido a la calle, la sacó también solo con su ropa interior, un hombre al ver a mi madre en esas condiciones se quitó el saco y se lo puso, evitando así la vergüenza que sentía ella. Era más fuerte la necesidad de huir, que esperar a estar convencida de ser desposada y mi abuela materna a los 13 años ya era mamá de mi madre y su adolescencia se quedaba detenida para darle paso a la maternidad a sus 15 años, teniendo ya dos hijos. Fue rechazada por la familia de mi abuelo, quien le llevaba 8 años, por ser de tez morena. Tuvo que aceptar que no sería la única mujer en la vida de él, ni que tampoco era "El amor de su vida" y que no terminarían sus últimos días juntos.

Mi bisabuela era una mujer pequeña, de tez clara y hermosa, que también recibió golpes y maltratos por parte de mi bisabuelo, un hombre que había sido militar y en un acto de violencia, comenzó a enterrarla viva, mientras sus hijos con llantos y gritos le imploraban que no matara a su madre. Y así mi abuela creció como una mujer rota, igual que las mujeres de su linaje, resquebrajando en mi madre, su totalidad de mujer. Sentí sus lamentos tatuados en mi existencia; siendo lastimadas desde niñas, huyendo de casa por ser golpeadas y aprendiendo a dar vida con el alma herida.

No solo eran mujeres lastimadas por hombres, también eran hombres que a su vez fueron dañados por mujeres resentidas con quien las maltrató. Ellas no se separaron en vida y dejaron que la muerte hiciera lo suyo, permitiendo ver el vacío entre ellos que los hizo seguirse al poco tiempo, al morir uno de ellos.

Y ahora estoy aquí, tratando de comprender mi vida, sin saber las veces que se repetía su historia a través de la mía y al mirarlas, me veo y siento tristeza porque está esa nostalgia, cubriendo mi corazón. Repetí vivencias, lo callé y dejé la frustración guardada para seguir la mentira "El amor lo perdona todo"

Me lastimé con las palabras de mi esposo cuando me decía que *no era el amor de su vida ni la mujer de sus sueños* y yo hacía lo imposible por acercarme a sus expectativas, por ser lo que jamás llegaría a ser para él y lo que tampoco fueron mi ancestros femeninos para ellos. Sufrí mucho tiempo, esperando ser "El amor de su vida", cuando yo no sabía amarme, carecía de respeto y valor propio y mucho menos yo era el amor de mi vida.

13
YMCA

Ya no callo las palabras
que me quiebran por dentro
dejé de tenerles miedo y comprendí
que tienen vida y son luz
para sanar mi corazón
en mi mundo incierto.

Con mis hijos regresé a mi infancia, sanando con ellos esa etapa con juegos y libertad, me permití ser niña de nuevo, ya no tenía que recibir golpes o hacer labores en casa para dejar solo pocas horas a la semana de juego.

Recuperé esa etapa que estaba guardada en mí con miedo y tristeza para llenarla de risas, aventuras y paseos en el parque. Los niños al sentir mi energía igual a la de ellos me buscaban para jugar, para mí y mis pequeños era una aventura vivirlo todos los días.

Me gustaba tomarles fotos, grabarlos, verlos felices y darle vida a su imaginación, no me importaba estar sola con ellos, fue una de las etapas con mis hijos que más disfrute. Les permitía hacer de la cama un *brincolín,* de la sala el escenario para bailar, cantar y actuar, alimentaba su imaginación con pocos juguetes y a cambio de ello les daba más colores, papel y cajas de cartón. Me alegraba verlos llenos de pintura, tierra o disfrazados con sábanas y ropa grande que yo misma les amarraba al cuerpo para ajustarlos a su medida.

Carlos trabajaba muchas horas y el tiempo que vivimos en Canadá, fue para mí un encuentro de sanación en algunas etapas de mi vida que estaban lastimadas y no me permitía tocarlas porque aún me dolían.

Fue el sueño de mi esposo al querer probar suerte en la lucha libre que nos hizo salir del país, había conocido a un luchador canadiense que estuvo en México y le había hablado de lo fácil que era abrirse camino en su país, teníamos cerca de un año viviendo solos en el estado de Hidalgo y comenzó con la idea de irse a Canadá por un tiempo, dudé en irme con él, pero tampoco quería quedarme sola con mi hijo y que Uriel, mi pequeño se privara de ver a su padre o que solo viniera de vez en cuando, como sucede en el pueblo con los hombres que migran y que solo regresan por algunos meses, embarazan a la mujer y se van hasta que definitivamente ya no regresan.

Decidimos vender los muebles que teníamos para comprar los boletos de avión y llevar un poco de dinero mientras él se encontraba con el luchador canadiense.

Toda la familia tanto de él como mía nos miraban incrédulos y algunos decían que estábamos locos, que éramos unos irresponsables por llevar a nuestro hijo a un lugar solo por vivir un sueño, pero no nos importó y el día de la partida llegó.

Casi todos nos fueron a despedir al aeropuerto y nos aconsejaron regresar a los 15 días que tenía marcados los boletos ya que pasaríamos como turistas para que nos permitieran el acceso.

Nosotros estábamos nerviosos, era la primera vez que íbamos al extranjero y dentro de nuestra idealización regresaríamos como lo habíamos platicado, en un año. Pero Canadá tenía otros planes para nosotros, llegamos en la noche después de 5 horas de vuelo, nos sentíamos los turistas afortunados que estaban en un país multicultural, era increíble ver tantas mezclas de culturas y un idioma que no entendíamos, pero con el poco inglés que hablábamos, podíamos solicitar lo básico. El francés se escuchaba hermoso y la primera palabra que aprendimos fue *"Complet"* (completo) cuando buscamos donde hospedarnos porque no habíamos hecho reservaciones previas y siendo verano, todo estaba lleno. Mi chiquito ya quería dormir en su cama y en pocas horas todo se volcó, terminando en el YMCA, un lugar para refugiados, no sabíamos dónde quedarnos porque además no conocíamos a nadie y tampoco logramos comunicarnos, afortunadamente se encontraba ahí una guatemalteca que hacía limpieza en el edificio que nos apoyó traduciendo. La única opción que nos sugerían, era dormir en la estación de autobús por esa noche y regresar al aeropuerto para solicitar el Refugio, solo así nos darían acceso para quedarnos en ese hotel ya que con el dinero que llevábamos era insuficiente para estar más de un mes.

Tenía a mi hijo dormido en mis brazos, mi esposo y yo nos mirábamos desesperados sin saber qué hacer, por lo que la señora guatemalteca se apiado de nosotros y nos llevó a su casa. Era una pequeña luz que se asomaba en esa oscura noche por la que estábamos pasando.

Ya habían pasado varias horas, teníamos hambre, ella y sus hijas muy amablemente nos compartieron sus alimentos, nos veían sorprendidas porque no acostumbran meter gente extraña a su hogar y mucho menos habían hospedado a mexicanos. La señora miraba a mi hijo y nos relató que unos días antes había soñado a un niño "chelito", güerito como ellos les dicen en su país, que estaba en unas escaleras pidiéndole ayuda porque se iba a caer y cuando miro a mi hijo, le recordó a ese niño del sueño y no dudó en ayudarnos, no sé si solo era casualidad o mi hijo en su sueño la había buscado, solo sé que volví a creer en los milagros.

Nos prestaron la sala para poder descansar, mi hijo al sentir un espacio y no mis brazos se quedó dormido profundamente, nosotros estábamos espantados, en shock, no sabíamos qué hacer porque regresar a México, implicaba vivir con sus padres o los míos, ya no teníamos ni muebles, ni un lugar dónde quedarnos y en ningún momento habíamos pensado vivir como refugiados y mucho menos que existiera esa posibilidad, pero era la única opción que teníamos.

Al día siguiente fuimos al aeropuerto de Montreal para pedir refugio, los agentes aduanales nos regañaron por haber mentido al entrar como turistas, nos sentíamos tan desanimados que no importara lo que nos dijeran, lo que deseábamos era tener un lugar donde estar hospedados. Nos retiraron los pasaportes y se nos entregó una carta para que nos dieran el acceso al YMCA, estábamos como prisioneros sin posibilidades de salir del país. Logramos comunicarnos con nuestras familias cuando nos dijeron cómo podíamos hacerlo, pero nos avergonzaba decir lo que realmente estábamos pasando.

Al llegar al YMCA se nos permitió estar una semana mientras iniciamos el trámite de refugio, asignándonos un cuarto pequeño con baños con regadera comunitarios. Nos dieron también tickets para recibir alimentos con horarios específicos, era demasiado para nosotros, yo lloraba por vernos en esa situación y más me dolía mi hijo porque lo habíamos sacado de su país y le habíamos arrebatado a su familia que también lo amaba. Me sentía como un presidiario comiendo entre tanta gente que no conocíamos y mucho menos hablábamos su idioma, no sabíamos qué hacer, mi hijo se estaba deshidratando y la impotencia nos estaba matando. Al día siguiente salimos, tomamos el metro sin ningún rumbo, mi marido estaba desgajado, se culpaba por habernos llevado, pero ni siquiera él imaginaba lo que nos estaba esperando.

No era fácil encontrar personas que hablaran español y no teníamos ningún rumbo a seguir, de lo qué si estábamos seguros, es que ya no queríamos continuar en el hotel para refugiados. Al salir de ahí seguramente nos haría pensar que poder hacer y al abrirse las puertas del metro en una de las estaciones subió un señor muy bajito con una playera enorme que lo hacía verse más pequeño de lo que era y saludó a mi esposo como si ya lo conociera.

—¿Habla español?

—¡Claro, si soy salvadoreño!

Era la persona que la vida nos había puesto para sentirnos acompañados y escuchados, mi esposo le dijo todo lo que estábamos pasando y le pedimos que nos dejara vivir en su casa mientras se cumplía la fecha para regresar a México. Él nos oía atento y nos pidió acompañarlo a su trabajo en donde hacía limpieza en oficinas, para al salir llevarnos a su departamento. Era nuestra última esperanza, no nos movimos de ahí hasta que él terminó, confiábamos en un desconocido y ya no habría marcha atrás, regresaríamos a México.

El Sr. Pepe que era así como nos dijo que se llamaba, vivía en el *sous sol* (el sótano) y nos pidió esperar afuera mientras acomodaba algunas cosas, solo escuchamos cómo movía y empujaba muebles, al entrar, aún había varias cosas amontonadas, pero no nos importaba y nos propusimos ayudarle a ordenarlo. Nos mostró un cuarto en donde quedarnos para dormir en el suelo. Era pequeño con alfombra, permitiendo así no pasar frío mientras conseguimos un colchón.

Regresamos al YMCA por la maleta argumentando que teníamos un lugar donde alojarnos, estábamos temerosos de pernos, por ello no nos alejábamos y solo seguíamos la ruta que el sr. Pepe nos había explicado.

La primera noche en su departamento fue una pesadilla porque se oían chillar las ratas por los pasillos, temiendo que entraran y mordieran a mi hijo, Carlos atranco la puerta con algunos cojines y pusimos a Uriel pegado a la pared para protegerlo. Ya solo contábamos los días para irnos. Nuestras familias sabían muy poco de lo sucedido y preferimos callar por el momento. El sr. Pepe se llevaba a Carlos a trabajar por las tardes para hacer limpieza en el restaurante de los chinos, lugar que estaba muy cerca de donde vivíamos y con lo que le pagaba, teníamos ya para comer.

Me sentía devastada porque no habíamos viajado tan lejos para estar en esas condiciones, trataba de que Uriel no me viera llorar, pero era inevitable ver la tristeza de los tres.

Ya había pasado una semana, estábamos próximos a tomar el vuelo de regreso y necesitábamos solicitar nuevamente la devolución de los pasaportes. El sr. Pepe nos propuso platicar nuevamente antes de tomar la decisión final y nos llevó a un parque cerca de Saint. Michelle, se sentó en una banca con nosotros para que lo habláramos. Carlos y yo estábamos callados, esperando que nos dejara solos pero no tenía intenciones de hacerlo, hasta que mi esposo le dijo que no estábamos cómodos y lo queríamos hablar a solas.

—¿Entonces para que me hacen venir con ustedes? – contestó con su peculiar acento que parecía estar enojado cuando hablaba, pero en realidad así era su forma de expresión y ya no nos incomodaba.

Carlos ya dudaba en irse, pero yo no, no quería que mi hijo se sintiera ajeno a ese lugar y al idioma, no estaba dispuesta a quedarme más tiempo ni ser migrante. Llegamos a un acuerdo, al día siguiente cogeríamos nuestros pasaportes para irnos.

El Sr. Pepe que en realidad estaba en una banca frente a nosotros esperando la respuesta de nuestra decisión y cuando le dijimos que ya nos iríamos, nos miró sin pestañear.

—¿Cómo? Yo pensé que los mexicanos eran valientes y no se rajaban, solo perdieron una batalla, pero no la guerra –nos dijo, reaccionando de manera negativa moviendo la cabeza –Y me hicieron recordar las palabras que hacía años atrás mi padre me había dicho.

Carlos y yo nos miramos, suspiré profundo, volví a ver a mi hijo que en ese momento jugaba con la arena que estaba en el parque, no hablé y cuando Carlos me pidió que nos quedáramos más tiempo, asentí con la cabeza. Lo primero que hicimos fue comprar un colchón usado y poner trampas para las ratas. Retomamos el trámite de refugio con un asesor que nos recomendaron a través del sr. Pepe que terminó siendo un extorsionador que se aprovechaba de los migrantes y confiábamos completamente en él hasta que Carlos lo amenazó con denunciarlo al enterarse en oficinas de migración que los documentos para tener acceso al servicio médico y apoyos gubernamentales a refugiados ya se le habían entregado desde hace un mes.

No teníamos acceso al servicio médico del gobierno, el servicio particular era muy caro y lo que llevábamos se había terminado.

Era desesperante sentirse encerrados y después de dos meses de haber llegado, comencé con retraso en mi periodo y al dudar de un posible embarazo compramos una prueba, saliendo esta positiva. Estábamos a la deriva y mi pequeño al no poder comunicarse con los niños, dejó de hablar. Trataba de llevarlo al parque casi todos los días pero se desesperaba, reaccionaba agresivamente cuando no jugaban con él o no le entendían lo que decía y las madres de los niños me reclamaban pero yo tampoco podía explicarles que mi hijo no comprendía porqué lo rechazaban y que estábamos en su país sin saber qué hacer, con la autoestima por los suelos.

Comencé a comprarle colores, cuadernos grandes para dibujar y acuarelas para que dibujara, evitando así que se sintiera completamente aislado de todos y de todo. A él le encantaba dibujar y terminó rayando una pared completa de madera de la casa del Sr. Pepe, cuando vio lo que Uriel había hecho no se molestó, pero si dijo con su tono golpeado.

—Mira *cipotillo (chiquillo)* lo que has hecho, no me rayaste las nalgas solo porque no me dejó.

Uriel se había ganado su cariño, cuando lo veía llegar, le enseñaba sus dibujos y platicaba con él, lo consideraba parte ya de su familia.

14
Un boleto por favor

Amo ser mujer
y también amo a mi opuesto,
porque juntos creamos vida
y nos hemos liberado
de la necesidad
de ser un complemento
compenetrados en un solo universo.

A los 19 años, les compartí mi decisión de independizarme, no quería continuar viviendo con mis tíos, sabía que no sería fácil, me animaba mi espíritu independiente y mi fuerza para llevarlo a cabo.

Una amiga consiguió que su mamá me alquilara un cuarto, que tenían como bodega en el patio de su casa y sin dudarlo me mudé. Lo adorné con algunos peluches que traje del pueblo, mi mamá me dio sábanas, una colcha y algunos trastes.

Ese cuarto para mí, significaba un nuevo comienzo, sería mi propio espacio, ya no me sentiría ajena al lugar y me haría responsable solo de mí. Me tenía que organizar para pagar mis gastos, guardar para comer, a veces entretenía mi estómago con una barra de dulce de calabaza que vendían fuera del metro C.U. podía aguantar varias horas sin más alimento y cuando tenía un poco más de dinero el comedor central de la Universidad, era el lugar ideal para tener sopa, guisado, frijoles y tortillas. Para mí toda la comida era una delicia y económica pero para mis amigas que algunas veces me acompañaban, estaba insípida.

Mi día era muy estresante y agotador, las clases iniciaban a las 7:00 de la mañana. Y terminaban a la 1:00 o 2:00 de la tarde, a las 4:00 entraba al trabajo para llegar a las 10:00 o 10:30 de la noche a mi cuarto, hacia las tareas de la universidad y en ocasiones me quedaba dormida, ya era demasiado el cansancio que se iba acumulando durante las semanas que cada vez me era más difícil levantarme a las 5:00 de la mañana. No aguante mucho tiempo ese ritmo, me dormía en las primeras clases y mi sueldo no me era suficiente para seguir, pero no me permitía dar marcha atrás, solo me faltaban cuatro años de carrera.

Cuando sentía más cansancio y ganas de renunciar sin más fuerza para continuar, me daba por escribir.

¡Tú puedes Paty, lo vas a lograr! No importa lo que estés pasando, todo esto será un recuerdo, te falta poco, después dejarás de tener hambre y miedo, sabrás que habrá valido tu esfuerzo, todo lo que ahora te está sucediendo.

Mientras mi pluma registraba estas palabras lloraba, como ahora lo estoy haciendo, al recordar lo que viví, que se quedó guardado dentro de mí y por alguna razón hoy lo vuelvo a recordar, después de más de 30 años, para que no detenga mi caminar, alentándome a seguir adelante, porque aún no he terminado lo que vine a hacer y me hace comprender lo que han dejado mis huellas al pasar.

Después de pensarlo, confíe nuevamente en mi destino, dejé el trabajo, aventurándome a vender colchas, cuadros decorativos y adornos que conseguía en el centro de la ciudad y en Tepito a muy bajo precio. Llevaba mis bolsas con mercancía que apenas y cabían en el microbús por el tamaño tan grande que tenían, era complicado subir y avanzar por el pasillo tan angosto, la gente no podía pasar tan fácil, algunas personas que iban sentadas me ayudaban a cargar las bolsas, pudiendo de esta forma, descansar un poco. Todo lo vendía en pagos y la ganancia me permitía solventar mis gastos, me iba mucho mejor que cuando trabajaba en la tienda de autoservicio.

Ya no me dormía en las clases, salía a comprar mercancía una o dos veces por semana, esto me permitió asistir y pagar el viaje a Tecolutla con mis compañeros de la Universidad para conocer por primera vez el mar en Veracruz.

Viajamos durante toda la noche en un autobús de la UNAM, al llegar por la mañana, después de ocupar las habitaciones, nos dirigimos a la playa, yo estaba ansiosa por ver el mar, esperaba un mar azul claro y arena dorada, como se veía en las películas, pero estaba diferente, su color era un poco azul grisáceo y la arena de color gris. Me sorprendió ver que no se le veía final al mar y el sonido tenía todo el tiempo un ritmo que nos invitaba a relajarnos, para entrar y soltar todo aquello que ni siquiera yo reconocía, porque se encontraba muy adentro de mí.

Era diferente viajar con mis compañeros, se respiraba la libertad que nos hacía ser cómplices unos de otros, solo estaríamos el fin de semana y mi mamá aprovechó para pedirme que fuera a buscar un familiar lejano en el puerto, tenía como referencia la colonia y la calle, ella se imaginó que era fácil de localizarlo, creyendo que sería como estar en el pueblo, así que aproveché el domingo que teníamos día libre y hable con la maestra para pedir su permiso. Al principio se negó, pero insistí, prometiendo llegar antes de las 9 p.m., hora en la que partiría el autobús de regreso. Encargué mi maleta con mi amiga y me fui en busca de ese familiar que ni yo conocía, tomé el autobús en Zamora hacia el puerto, los paisajes eran preciosos y la gente muy amable. Al llegar después de casi dos horas de viaje, busqué la colonia y comencé a preguntar si conocían a esos dos hermanos que mi mamá cuidó cuando eran niños, que ahora ya eran adultos. Después de varias casas visitadas, por fin di con ellos, no sabían quién era yo, porque ya no me reconocían y les sorprendió mi visita ya que era muy pequeña cuando dejaron de verme. Les alegró saber de nosotros y lo que había pasado durante esos años que ellos ya no estuvieron, me pedían que me quedara, pero me era imposible, ya que tenía que regresar con mi grupo.

Uno de ellos, Juan me acompañó al puerto y me impresionó ver los enormes barcos que estaban en el muelle, me sentía feliz de haber visitado otros lugares. Estuve solo un par de horas recorriendo algunas partes turísticas, él después me acompañó a tomar nuevamente el autobús, le agradecí su compañía y me dijo que regresara cuando quisiera.

Durante el viaje me sentía un poco presionada por el tiempo, pero feliz de haber conocido lugares hermosos que no habría visto, si me hubiera quedado en Tecolutla. Llegué al hotel un poco antes de las 9 p.m., pero ya no se encontraba mi grupo, se habían ido a la feria de Zamora.

Salí a prisa con la esperanza de alcanzarlos, cuando llegué a Zamora no estaban por ningún lado, preguntaba a la gente si habían visto el autobús de la UNAM y todos coincidían que hacía unos 15 min. que había partido, comencé a desesperarme porque no sabía qué hacer, estaba por demás seguir buscando, me había quedado y lo único que se me ocurrió fue ir a la central y tomar el autobús más próximo a la Ciudad de México.

La terminal se encontraba a unas cuadras, era muy pequeña, con pocas rutas de salida, me quedaba solo poco dinero y era lo justo para pagar el boleto de regreso, me acerqué a la taquilla, pidiendo el boleto más próximo, pero solo había hasta después de 2 días, me quedé congelada, no supe qué hacer, caminé hacia las bancas y me quedé sentada, ya no traía más para buscar alojamiento. Lo único que se me ocurría era quedarme ahí por seguridad y buscar al otro día como regresar. El señor de la taquilla me miraba, esperando que me fuera, pero era algo que definitivamente no haría.

—Ya le dije que no hay boletos, hasta el martes.

Pero mi cara de espantada lo decía todo: "No tengo a donde ir, el autobús de la universidad me dejó y debo regresar a México".

Se quedó mirándome por un rato mientras continuaba haciendo su trabajo, se levantó a hablar con un chofer que estaba próximo a salir, no escuchaba que decían, pero lo que sí estaba segura, es que no me movería de ese lugar. Me pidió que me acercara y me comentó que estaba por salir un autobús rumbo a la central del norte y si no tenía inconveniente me iría en el asiento del ayudante del chofer, esa era la única manera con la cual me podían apoyar. Sin dudarlo, pague el asiento para subir inmediatamente, llevaba puesto un vestido muy ligero, era ideal para el calor, pero no tenía mi maleta conmigo, ni ropa para cambiarme o abrigarme. Ya durante el viaje, en la madrugada al pasar por Puebla el frío comenzó a sentirse, lo que me hacía mantenerme despierta.

Me acerqué al chofer porque ya me temblaba la quijada y le pregunté si de casualidad tenía algo para taparme, pero me respondió que lo único que había era una almohada en el maletero, que si me servía la utilizara. La tomé y me fui abrazándola durante el camino. Por espacios muy cortos me quedaba dormida soñando que ya estaba en casa o que entraba al mar y el agua era helada. A las seis de la mañana por fin llegamos a la central, estaba muy contenta, me dirigí a la estación del metro *Copilco,* a donde llegaría el autobús, estaba a tiempo y me senté a esperarlos, cuando llegaron me acerqué, la maestra de Ética estaba muy molesta, no le importaron ninguno de mis argumentos para evitar ser regañada, así que tomé mi maleta y me fui a mi casa.

Me sentía muy agotada, durante el camino, volví a sentir la brisa del mar y fue entonces que se liberó ese recuerdo que viví a los doce años con mi familia, cuando en una excursión que salía de la Ciudad De México para llevarnos a Acapulco, nos dejó el autobús y tuvimos que regresar a pocas horas de llegar a la ciudad, callados y tristes, caminando a prisa para evitar perder el último camión de regreso a Hidalgo, fue entonces cuando comprendí que se había repetido la historia al tomarme por sorpresa para sanar esa desilusión que estaba incrustada en mi corazón.

15

Aroma a bosque

Canta mujer, canta
vuelve a ti con alegría
haz que tus pensamientos brillen
y llena de luz
los sueños sin vida.

M e negaba a hablar con él, sabía que estaba pasándola mal y el único lugar en donde se podía quedar a dormir era en el gimnasio. Buscaba la manera de hablar conmigo o de que lo viera para aceptar que regresara, me marcaba por cualquier pretexto y su arrepentimiento me hacía dudar para iniciar el trámite de divorcio.

—Perdóname, déjame regresar, estoy arrepentido, no quiero perder a mi familia, por favor dame una oportunidad – no lo podía evitar, quería creerle para reconciliarnos.

A veces me hablaba alcoholizado, me recordaba lo que juntos habíamos logrado y yo lo escuchaba, lloraba también sin que él lo supiera, me dolía verlo así y lastimar a mis hijos con su ausencia, pero terminábamos discutiendo o le colgaba cuando me culpaba porque yo había provocado sus infidelidades y según él nada me llenaba, haciéndome creer que yo seguía siendo responsable de sus actos. Estaba confundida, solo un fragmento de mí se sentía libre pero la mayor parte no entendía qué podía hacer con esa libertad, estaba acostumbrada a él, ansiaba volver a regresar a su lado, había una lucha interna entre mi ser y mi apego, era como ese adicto que hace cualquier cosa para que no le quiten la droga y se conforma con una pequeña dosis, para no morir si se la quitan por completo.

Yo lo necesitaba, no me importaba perder el respeto de mis hijos, por seguir a su lado y lo comencé a dejar entrar a la casa para que comiera porque no tenía donde preparar sus alimentos. Para mis hijas era incómodo ver a su papá sabiendo que Elena seguía yendo al gimnasio y estar sentados en la mesa como si nada hubiera pasado, estaban molestas y me lo hacían saber cuando él se iba.

— ¿Por qué viene mi papá?, ¿ya te convenció?, ¿o ya lo perdonaste? –me confrontaban enojadas y yo lo defendía, diciéndoles que debían respetar a su padre, que no tenían ningún derecho de juzgarlo.

Las discusiones con mi hija Nicté de 17 años eran constantes, ya no se acercaba a mí, ella estaba en la preparatoria, desde los 15 años practicaba tiro con arco, era deportista de alto rendimiento y tanto en el deporte como en el área educativa se esmeraba, obteniendo calificaciones muy altas. Ella también estaba pasando por una relación de maltrato y yo no sabía que decir, estaba repitiendo mi historia, pidiéndome a gritos terminar con la mía, para acabar con el apego y el dolor que ella estaba viviendo.

Julieta, mi pequeña de 13, se encerraba en su cuarto sin querer hablar, después de ser una alumna con promedio excelente en la primaria y primero de secundaria, me llamaron porque tenía ya varios reportes y uno más ameritaba una suspensión de dos días. No bastaba que la regañara, ya no quería asistir a clases, se levantaba tarde, varias veces la tenía que llevar a la fuerza o mentir y avisar que estaba enferma.

Uriel, que en ese momento tenía 19 años, parecía que no veía nada o simplemente no quería reconocer lo que estaba pasando. Era el único al que le alegraba ver a su papá dentro de la casa. Estaba en la Universidad estudiando Artes Visuales y comenzó a realizar *stand up*, se iba por las noches, llegando de madrugada, a mi me sorprendió porque era tímido y mucho menos le gustaba hablar en público.

La casa hacía varios meses que se veía oscura, se sentía fría, cada uno de nosotros estábamos peleando nuestras propias batallas, no nos mirábamos, la soledad y la tristeza llenaba ese lugar y nadie quería mencionar el dolor que a cada uno nos estaba asfixiando.

Yo no tenía la fuerza para continuar, acepté irme a la playa con él, sin que lo supieran mis hijos, haciéndoles creer que viajaría sola porque me ayudaría el estar unos días fuera de ahí y llegué el miércoles a Puerto Escondido, a un hotel muy sencillo que no se encontraba a pie de playa. Aún le apostaba a mi relación y deseaba que ese viaje, uniera las piezas rotas de nuestro matrimonio. Él llegó el jueves, cansado porque el avión había salido de madrugada, se durmió y más tarde nos fuimos a *Zipolite,* una playa en la costa de Oaxaca que él deseaba conocer.

Encontró un cuarto muy pequeño que le permitía ver pasar a las personas a través de la ventana que daba de frente al mar. Salimos a caminar para entrar al agua, él estaba nervioso porque era una playa nudista y no se atrevía a quitarse el traje de baño. A mi no me causaba molestia y me desnude, sintiendo esa libertad sin importarme ser vista o juzgada, fue la terapia más hermosa que le pude dar a mi cuerpo, dejó de interesarme las estrías o la marca de la cirugía que estaba en mi vientre, por fin me liberaba de los prejuicios y me unía al mar, desnuda como llegué y ahora que lo pienso la vida me pedía que ya me soltara de mis apegos y me ayudó hacerlo sin que lo comprendiera en ese momento.

Solo cuando el mar está en calma, se puede ver con claridad lo que guarda en sus adentros y mientras estén agitados los pensamientos, no se escucha el susurro del universo que nos hace amarnos por completo.

Pasamos tres días juntos, volviendo a caminar con una maleta, como lo hicimos cuando llegamos a Montreal pero ahora sin Uriel, hablando de tantos momentos que vivimos juntos y creí, sería un nuevo comienzo. La mente es tan poderosa cuando también se desea autoengañarse, era raro no estar con mis hijos y aún así disfrute de Oaxaca, con sus *tlayudas,* la bioluminiscencia, tomados de la mano. La vida siempre me escuchaba, aunque muchas veces lo dudaba, y me dio esa luna de miel que algún día anhelé tener.

Mi regreso fue el sábado y mis hijos se enteraron de lo sucedido por él, antes de que yo llegara.

Julieta había estado en un campamento, al siguiente día iría por ella, acompañada de los padres de su mejor amiga que también participaba. Cuando me acerqué a saludarla me evito, estaba muy enojada, ni siquiera me abrazo, como lo hacían sus demás compañeras al ver a sus padres después de una semana sin verse.

No quería tampoco escucharme, así que evité hacerlo y llegando a la casa mi hija Nicté me estaba esperando en la sala.

—¡Ya llegué! ¿Cómo estás? –le dije sin obtener respuesta.

—Siéntate solo quiero que escuches hasta el final esta canción, sin levantarte –mirándome sin titubear apretó con su dedo índice el botón de *play*.

"Yo puedo mirarte a los ojos
y decirte mil mentiras y tu me vas a creer,
mis palabras no son sinceras
solo son cortinas de humo para poderte distraer.
Mil mentiras ..."
-Caztro.

Me enojó la letra de la canción y lo que ella pensaba de mí, mirándome como una mujer sin carácter y a su padre un mentiroso, manipulador.

—No te metas en mi vida, no tienes ningún derecho de hacerlo y no hables así de tu padre –le grité, ella rompió en llanto – Tienes razón, es tu vida y yo no tengo porque seguir viviendo contigo, azotando la puerta de la sala y se fue de la casa.

Julieta ni siquiera quiso estar presente, se quedó encerrada en su recamara y Uriel no se encontraba, le marque a Nicté pensando que estaría cerca pero no me contestaba y al insistir, apagó su celular. Busqué a Carlos que seguía en la playa para decirle lo sucedido, él trató de tranquilizarme diciendo que seguramente regresaría o estaba con su amiga. Pero hablé con Fabiola, su mejor amiga, y tampoco sabía nada de ella, me sentía nerviosa, culpable de lo sucedido, temiendo que le pudiera pasar algo, localicé a David, su compañero de prepa y le envíe un mensaje que tardó en responderme, diciendo que se encontraba bien, que ya había hablado con ella y que regresaría hasta que su papá llegara. No quería hablar conmigo, ni tampoco verme, había generado una guerra con mis hijas, quería seguirles imponiendo la sumisión, el engaño y la desvalorización de la mujer como parte de una relación y ellas ya no estaban dispuestas a aceptarlo.

Al día siguiente por la tarde llegó Nicté, subiendo a su recamara sin dirigirme la palabra y mucho menos mirarme, no le dije nada, solo esperaba que Carlos llegara para aligerar lo sucedido. A las dos horas llegó él como si nada hubiera pasado y nos invitó a comer tacos como "una familia unida". Ellos accedieron porque todos teníamos hambre y nadie quería ya estar en la casa, era muy incómodo. Nos subimos al carro, mis hijos iban atrás, el único que hablaba era Uriel, ya casi para llegar, él y Nicté empezaron fuertemente a discutir, ella aún con el carro en marcha abrió la puerta para salir, Carlos le gritó, que no lo hiciera, tuvo que detenerse para que pudiera bajar y al hacerlo salió corriendo, era desgarrador ver lo que nos estábamos haciendo, destruyendo a nuestros hijos por un maldito apego y por creer que podía borrarse todo para comenzar de nuevo.

16

Vestido desgastado

No hay nada más hermosa
que cubrir tu desnudez
pintando tu cuerpo
de naturaleza y vida
dejando al amor
acariciar tu mundo interno
para sanar tus heridas.

Por fin podía descansar, llegué muy agotada del viaje de Tecolutla, tenía dos semanas de vacaciones antes de regresar a la
Universidad pero a los pocos días me dio varicela que hizo quedarme durante tres semanas más, era horrible sentir todo mi
cuerpo lleno de ampollas y la comezón era insoportable. Mi tía decía que me había dado más fuerte por mi edad, que habría sido
mejor que me hubiera dado de pequeña pero yo no había elegido
la edad ideal para contagiarme.

Tenía solo pocas semanas de haber entrado a un nuevo trabajo, no estaba segura de conservarlo o si me esperarían y me
creerían que no podía asistir, pero por suerte a los pocos días de

mi contagio, mi jefa requería unos documentos que me habían dado para llenarlos y entregarlos de regreso de mi viaje y esto me salvó, porque tuvo que ir por ellos a mi domicilio. Cuando abrí la puerta, se espantó de ver como estaba, me dijo que me tomara todo el tiempo que necesitara, que no contratarían a nadie más y me esperarían sin ningún problema. Esto me hizo sentir más tranquila ya que no contaba con servicio médico y por consecuencia no me pagarían las semanas sin ir a trabajar pero no perdería mi lugar.

Por fin después de pasar la etapa de la comezón inmensa en el cuerpo, aparecieron las costras, ya era más tolerable todo, aunque mi cara estaba llena de ellas, haciéndolo más notorio y coincidió con los 15 años de mi hermana.

Habían decidido no dejar pasar ese evento desapercibido y llevaron a cabo una sencilla reunión ya que los ingresos no alcanzaban para hacer algo más grande. Mi familia me pidió que no fuera, pero yo insistí porque ya me sentía mejor, como pude tapé con mucho polvo de maquillaje las costras, que aún así se notaban y de manera inconsciente me puse un vestido negro con bolitas blancas que hacían alusión a la varicela en mi cuerpo y me fui. La gente durante el camino no se me acercaba, me miraban de manera discreta, aunque yo si sentía que me observaban, pero no me importaba.

Mis papás estaban apenados con los familiares por mi presencia y mi testarudez de estar ahí, pero yo estaba muy contenta de verlos y compartir con mi hermana Elizabeth su fiesta, ella no se veía feliz, se sentía cierta nostalgia en su rostro y en el evento faltaron muchos familiares, incluyendo mi tía Ana que era su madrina de bautizo. Era una reunión muy pequeña comparada con la que a mi hermana Denise y a mí nos habían hecho cuando todavía mi papá era obrero.

La situación económica cada vez era más complicada, ya tenía varios años que mi papá estaba desempleado. Por su cuenta, había aprendido carpintería y comenzó a ser autoempleado. Era un oficio que su abuelo paterno biológico desempeñaba, pero él no se lo había enseñado, porque desde muy pequeño vivía con mis abuelos adoptivos. Mi bisabuelo, sin convivir con él, le había heredado la habilidad de crear muebles con la madera y hacer de ello la pasión de mi padre.

Después de tantos años, le pregunté a mi hermana hace apenas unos meses porqué estaba tan triste; me dolió lo que desconocía.

—Yo no quería nada porque sabía lo que estaba pasando en la casa, pero insistieron en festejarme. Mis papás no pudieron ir a la Ciudad de México a acompañarme por mi vestido, así que me mandaron en el autobús, mi tía Ana me recogió en la central y me llevo a comprarlo a la lagunilla –se quedó callada unos segundos, agacho la mirada jalando aire para contener el llanto y continuó diciendo –cuando llegamos a las tiendas a ver los vestidos, en realidad no sería ninguno de ellos, me decían que estaba gorda y no iban a quedarme, ¿recuerdas a Lucía nuestra prima que es casi de mi edad?,

—Si, claro.

—Ella también estaba ahí, y se probaba todos los vestidos, le decían que se le veían muy bien porque ella sí estaba delgada y los podía lucir; yo no decía nada, solo la miraba. Al final me compraron un vestido usado que ni siquiera me probé y menos aún me preguntaron si me gustaba. Me llevaron nuevamente a la central, cargando la bolsa con el vestido de 15 años que perteneció a alguien más y fue ahí durante el camino en el cual estando sola, rompí en llanto, en silencio para no ser vista – sus ojos se rasaron de lágrimas y solo las hizo a un lado con la palma de sus manos para continuar – No le dije nada a mis papás, me lo puse haciéndoles creer que era lo que yo había elegido.

Miré a mi hermana, al terminar de hablar, mi tristeza la abrazo comprendiendo el porqué la foto proyectaba su corazón roto, y agradecí a la vida haber estado ese día con ella.

Cuando Elizabeth tenía alrededor de 17 años, estaba de moda el rock de los 80, aunque ya no era su auge como tiempo atrás, ella junto con mi prima Lili de 14 querían ir a un concierto de *Caifanes* pero no las dejaban asistir si no las acompañaba yo. A mí me gustaba también solo que ya estaba por terminar la carrera y mi vestimenta era formal, me sentía ya muy grande y no me interesaban esos eventos. Ellas me insistieron y terminé accediendo. Estando en la fila para entrar, recuerdo que les decía lo raro que se vestían las personas que estaban formadas, ellas por supuesto se sentían muy incómodas con mis comentarios y yo no estaba a gusto. Al entrar no alcancé lugar al lado de ellas y me tocó con una muchachita *súper prendida* que me contagió y terminé cantando, gritando y bailando, sintiendo vibrar la euforia en mi cuerpo. Salí muy emocionada expresando lo grandioso que había estado el concierto, mi hermana y mi prima estaban apenadas por lo que había hecho, ya que ellas no estuvieron tan apasionadas como yo.

Recuerdo que por primera vez escuché la música de New Age en la librería "El Sótano", quedé fascinada por la armonía de la melodía y lo que sentía al escuchar a Yanni lo cual me hizo adquirir su cassette, meses después cuando me enteré que estaría en vivo en el Auditorio Nacional no dude en asistir y compré dos boletos e invité a mi hermana Elizabeth condicionándola a que solo por ese día se vistiera con ropa formal, ella estaba renuente en ir pero terminó accediendo cuando le recordé que yo había estado antes con ella en otros conciertos. Cuando ya estábamos en la sala, ella estaba incómoda y un poco desesperada porque no iniciaba el concierto, después de unos minutos, por fin se apagaron las luces. Yanni comenzó a hacer magia con los instrumentos de la orquesta filarmónica, haciendo vibrar el Auditorio con sonidos melodiosos para el alma. Quise preguntarle a mi hermana si le estaba gustando y cuando la vi estaba llorando, preferí callar para no romper lo que estaba sintiendo.

Hace unos días por su cumpleaños número 45 la invité al teatro a ver "3 cuarentonas en apuros" – mi inconsciente se quería hacer escuchar por mí a como dé lugar. Es una obra muy divertida en donde no paramos de reír, para ella era la primera vez que asistía y yo hacía 3 años que no iba, precisamente fue el 1 de junio del 2019 que Carlos tuvo su evento de lucha y yo no fui porque estaría Elena. No quise quedarme en la casa, preferí salir con mis hijas a ver la obra de teatro, en la cual una paciente actuaba y me había invitado hacía varias semanas. Era también cómica, por momentos me hacía reír, aunque mi corazón estaba triste y lloraba.

Hubo una escena en donde *Silvia* la cuarentona le dice a *María* que *Esperanza* se acababa de divorciar y que no le mencionara nada porque aún está muy sensible.

—¡No, yo estoy muy feliz! ¡Por fin me separé! ¡Estoy muy bien amigas! –contestó *Esperanza* queriéndolas convencer, sin dejar de llorar mientras *Silvia* y *María* la miraban incrédulas, asintiendo con la cabeza para no hacerla sentir peor, lo cual provocó una gran risa en el público.

A veces nos toca ser el espectador y en otras ocasiones el actor en esta obra de teatro llamada vida, que nos sacude con emociones que traspasan nuestra alma y nos abraza, siempre que necesitamos de su amor y regresar con ella a casa.

17
Ultimo tren

Amo la historia que viví
sin borrar o corregir
porque todo fue perfecto
para descubrirme viva
y volverme a sentir
en la soledad de este encuentro.

Hablé con mi jefe de área de la preparatoria, para que me die-ran más materias a impartir y afortunadamente se me asig-naron más horas al iniciar el nuevo semestre, ya podía vivir en un mejor lugar, mi tía me dijo de un departamento que rentaban en otra Colonia y con lo que ganaba ya me era posible pagarlo.

Por fin deje de vivir en la vecindad, el departamento tenía ven-tanales grandes, se encontraba en un segundo piso, la sala y come-dor estaban iluminados por el sol, mi recamara estaba lejos de las demás habitaciones y por fin tenía una puerta. Contaba con un baño con regadera dentro de la casa que me hacía sentir que era rica y mis sueños volvían a revivir, todo pintaba ya diferente, mis días transcurrían entre alumnos, trabajos que calificar y una tesis por entregar.

Terminaba ya muy noche, trataba de mantenerme ocupada para no pensar, o escuchar el silencio que siempre me acompañaba. Ahora mi visión era hacer crecer nuestro proyecto llamado "Innova" junto con mi mejor amiga de la carrera Marisol. Ya teníamos más tiempo, porque habíamos concluido la carrera. El objetivo de nuestra empresa era llevar a cabo viajes escolares de forma cultural y recreativa, cuidando a los niños, haciendo más ameno su viaje, a través de animadores y fue ahí donde conocí al que sería el padre de mis hijos, Marisol sabía de él porque había sido catequista, él estaba en el coro de la parroquia, decía que era muy alegre y sería ideal como animador en los viajes.

Recuerdo cuando lo vi, estaba ahí sentado con su camiseta azul ultramar y su pantalón de mezclilla desgastado, él me miraba con cierta indiferencia, Marisol lo había invitado a la reunión para coordinar el viaje con los demás integrantes al estado de Hidalgo, y con él, ya se completaba el grupo. Cuando se terminó la junta, se levantó y me sorprendió su altura, lo fuerte y musculoso que estaba, se acercó a mí para presentarse, asegurándose de ser aceptado, no habló mucho y me interesó saber que tocaba la guitarra, aceptaba estar viajando porque no tenía un trabajo estable que se lo impidiera. Él tenía 24 años y yo estaba por cumplir 26. Durante los viajes sentí cierta atracción por el, por su carisma al tocar la guitarra y cómo alegraba a los niños con sus bromas y juegos. Me agradaba la forma en cómo interactuaba con ellos, ganándose su cariño. Carlos hacía cantar a todos, era desinhibido, le encantaba que lo vieran y ser el centro de atracción. Su forma de vivir fuera de los eventos era solo entrenar y tomar complementos, llevando una dieta que le hacía tener ese cuerpo, pero no siempre había estado así, tenía algunos años que se había salido del seminario y ahí había aprendió a tocar guitarra. Me gustaba escuchar sus pláticas, me sorprendía el apoyo que dio a comunidades indígenas mientras estaba ahí y la vida austera que tenían que seguir para ser seminaristas, no comprendía cómo podían entregar su vida al servicio a dios y estar encerrados por muchos años. Él provenía de una familia muy religiosa y conservadora, fue a través de él que conocí la vida de algunos santos cuando estuve en su casa. Admiré lo que San Francisco de Asís hacía y cómo se desprendía de lo material para abrazarse a la vida. Su compañía comenzó a ser agradable y también para mi familia que lo conoció cuando se quedó en el pueblo para llevar a 2 grupos de niños a Six Flags.

Pasé por alto cuando en un evento en donde se llevaría a los maestros al espectáculo del Lago de los Cisnes en Chapultepec, no pudo entrar ya que un maestro había llegado más tarde y el estaba afuera para entregarle su boleto. Marisol y yo estábamos adentro esperándolo sin saber lo que estaba sucediendo, me dejé atrapar por la magia de la danza y la música que nos envolvía, invitándonos a sentir cada movimiento mientras les daba vida a los personajes en ese lago. Era la primera vez que asistía a un evento así y cuando salimos aún me sentía extasiada caminando por el bosque. El grupo comenzó a subir al autobús y Carlos estaba a un lado cerca de un carro, nos acercamos para saber porque no había entrado y platicarle de lo que se había perdido, pero él estaba muy enojado y nos reclamaba por haberse quedado afuera, yo estaba desconcertada al ver su reacción, Marisol se espantó, cuando le dio una patada en la llanta al carro que tenía cerca y se fue sin decir nada más. Nos quedamos heladas, era un contraste de emociones lo que estábamos viviendo y el autobús ya estaba por salir. Lo único que dijo Marisol es que ya no quería que continuara con nosotras por temor a que se suscitará nuevamente un evento igual y que en algún momento creyó que nos iba a golpear, yo no decía nada, estaba en shock, no entendía el porqué había actuado de esa manera si era una persona que parecía tranquila y tiempo atrás le había entregado su vida a dios. Me regresé al departamento y ya no quise hablar nada al respecto con él hasta que lo volviera a ver. Pasaron unas semanas y al coincidir con Carlos en otro viaje buscó la manera de hablar conmigo, se veía apenado, yo no quería ni mirarlo, lo evitaba, así que me entregó una carta disculpándose por lo sucedido, escribiendo que no era correcto lo que había hecho y que le habría encantado estar a mi lado. No sabía qué decirle, solo guardé esa hoja por muchos años, hasta que en un arrebato de coraje él me la quitó y la rompió.

Fue todo muy rápido, no podría decir que eso fue un noviazgo porque sólo duró un mes y mis carencias se unieron con las suyas decidiendo vivir juntos, uniendo la necesidad de él por salirse de su casa y yo de estar acompañada. Ambas familias no estaban de acuerdo en que lleváramos todo tan aprisa, pero nosotros lo habíamos decidido de esta manera y comenzó a vivir él en mi departamento.

Al principio parecía que todo marchaba bien, pero su inseguridad y celos comenzaron a lastimar la relación y preferí dejar de hablarles y frecuentar a mis amistades de la universidad. Me deshice de la agenda en donde tenía sus contactos y me alejé de todos para evitar discusiones. Comencé a vender mis muebles a bajo precio para rápidamente deshacerme de ellos e iniciar de cero, como él me lo pidió y nos fuimos del departamento que rentaba, en el cual tenía menos de dos años viviendo, para vivir en La Noria, al sur de la ciudad, en la casa de sus padres, en un cuarto que estaba en la azotea, que su familia nos había prestado y que hacía tiempo que estaba deshabitado. Dejé de trabajar en los Colegios de Bachilleres para entrar a una secundaria cerca de donde ahora vivía y me comencé amoldar a sus necesidades, me fui dejando a un lado creyendo que la relación funcionaría mejor de esa manera y que solo así me tendría confianza.

A los pocos meses de vivir juntos, tomamos la decisión de casarnos para estar más tranquilos también con las familias ya que ambos éramos los primeros de nuestros hermanos en contraer matrimonio por la iglesia. Y antes de casarme dudé en hacerlo pero sin pensarlo más le hablé a Raúl, hacía más de dos año que no sabía de él. Algunas veces llegamos a coincidir en la universidad porque estuve trabajando unos meses en el Laboratorio de Cómputo de la UNAM y ninguno de los dos hablábamos sobre nuestra vida personal, evitamos hacerlo, solo eran diálogos cortos para no comprometernos pero ese día necesitaba hacerlo para despedirme definitivamente de él y matar esa ilusión que guardada en mi corazón.

— Bueno..., hola.

—¡Patricia! ¡Hola! ¿Cómo estás? Me alegra mucho escucharte –su voz delataba felicidad al escucharme.

—Quiero que sepas que en pocos meses me casaré – un silencio se hizo presente envolviendo el momento, escuche un suspiro profundo que hizo para poder hablar.

—Yo te amo, no lo hagas, déjame verte –sentí coraje porque él desconocía lo que había tenido que pasar durante ese tiempo sin volver a verlo y me tragué la tristeza que me embargaba escuchando su voz sin poder verlo.

—Solo quería que lo supieras –colgué antes de que me escuchara llorar, me dolía el alma no poder hacer ya nada y a partir de ese día jamás volví a saber de él, parecía que el destino cumplía lo promotido y nos ocparaba para siempre. Me prometí no mirar atrás y dejar que mi vida tomará un nuevo rumbo, creyendo que sería diferente, sin importarme lo que sintiera en mis adentros. Carlos también lo sabía, no se puede mentir, cuando la piel se delata y extraña las caricias que le hacían suspirar y no se sentía utilizada.

Comenzamos con los preparativos de la boda para casarnos el 5 de septiembre, realmente a él no le interesaba, yo buscaba padrinos para llevarlo a cabo. Sus tías fueron las madrinas de vestido y anillos, estaban contentas porque varias de ellas eran solteras y ya mayores. Para mis papás no era algo que les agradará, sobre todo por la manera en cómo se estaban dando las cosas, solo cumplían aceptando lo que yo deseaba. Y acordamos que la boda se llevaría a cabo en el pueblo como se hace tradicionalmente, la mayoría eran invitados míos, incluso fueron algunas amigas de la universidad, la familia de mi jefe, con quienes trabajé unos años mientras estudiaba y solo muy pocos invitados de él. Todo estaba listo, mariachi, salón, música, pastel, los invitados y mi mentira de una boda en la cual yo solamente creía.

18
Viento Escarchado

Somos mujeres que danzan
hasta que el alma se desprende del cuerpo
fundiéndose con el viento, el mar y el universo
no calles mujer tu voz
deja que florezcan tus palabras
llenando de color y aroma
el lugar donde las deposita el viento.

L a vida en Montreal no estaba cerrada a una cultura o religión, por ser Canadá un país para refugiados, es un lugar multicultural que apoya a la gente y no se ven marcados los estratos sociales como en México. El *Vieux Port* (viejo puerto) nos invitaba a detenernos en el tiempo, caminar a la orilla del río, escuchar música y admirar a los patos que no necesitaban de documentos para volar libremente sobre el cielo. Todo estaba cerca, me encantaba que hubiera parques por todos lados y ardillas que en invierno parecían feroces animales, por su grueso pelaje que escondía su delgadez de verano. El parque de *Mont-Royal* nos conectaba con la naturaleza, a través de sus diferentes tonos verdes y su aroma a bosque y tierra húmeda. Tal vez nos llevaría tiempo adaptarnos pero vivíamos en un país hermoso, con mucho apoyo para los migrantes. A los dos meses de embarazo con mi inestabilidad emocional que en ese momento me encontraba comencé a sangrar, Carlos se quedó en casa para que guardara reposo mientras él cuidaba de Uriel pero al siguiente día fue más fuerte, ya estaba desesperada porque no sabía cómo pararlo y mi bebé se iba sin poder evitarlo. él no sabía cómo tranquilizarme, me veía llorar recostada en el colchón que estaba en el piso y mi chiquito consternado, preguntaba por qué lloraba.

Les hablamos a la familia en México para sentir su apoyo y siempre era un rotundo *"¡Regresen!"*, no tienen nada que hacer allá. No era fácil tomar una decisión así, ya no teníamos nada, ni un lugar donde vivir, tendríamos que estar con mis padres o los de él y aguantar la derrota de un sueño frustrado en donde habíamos arrastrado a nuestro hijo y ahora un nuevo bebé que venía en camino.

Solo si no me movía disminuía un poco el sangrado, ya no podía más, le suplicaba a dios que nos ayudara, que no se llevara a mi bebé, tocaba mi vientre, lo acariciaba y lloraba sin saber qué hacer.

— Por favor no te salgas, resiste, vas a estar bien, te vamos a cuidar y amar, solo espera unos meses más – le decía, implorando que me escuchara.

Él salió de la habitación y me quedé sola abrazando a mi bebé, recuerdo que me puse una venda en el vientre bajo y una almohada para subir mi cadera, porque mi mamá me lo había indicado y mi suegra decía que no dejara de comer, para darle fuerza al bebé.

Carlos también estaba angustiado sin saber a dónde llevarme o que hacer porque no teníamos acceso al servicio médico gratuito y no teníamos dinero para ir a un hospital. Me dejó en la habitación para distraer a nuestro hijo y a los pocos minutos entró.

— Paty todo va estar bien acabo de hablar con Dios –lloraba recargado en la pared de la cocina, con la cabeza apoyada en mis brazos –vi como una niña de tez blanca y cabello negro se acercó y me dijo: "¡Todo va estar bien! Y desapareció esa imagen entre mi sollozar".

Lo escuché tan seguro que le creí, era esa luz de esperanza que necesitábamos para confiar y tomar fuerza para apoyar en ese momento a nuestro bebé. Todo se acomodó y unos días después ya teníamos los documentos para tener atención en el hospital, fue Carlos quien le exigió al asesor guatemalteco se los entregara o lo denunciaría por retener documentación que no le pertenecía.

Fuimos al hospital más cercano y nos apoyaron asignándonos una enfermera que hablaba español. No estaba el médico seguro de que él bebé siguiera dentro y había la posibilidad de que en el sangrado se hubiese arrojado, así que pidió se me realizara una ecografía transvaginal y de esta manera se pudo ver a mi bebé, seguía ahí con vida. Era una alegría inmensa saber que está bien y con el tratamiento y reposo a las pocas semanas pasó el peligro.

Ya no era fácil dar marcha atrás y los meses comenzaron a avanzar dejando atrás el otoño y conocimos por primera vez la nieve. Era una alegría ver las pequeñas escarchas blancas que se daban paso mecidas por el viento para descender sin prisa e ir cubriendo las calles de blanco. Los árboles ya estaban listos para cambiar su atuendo, habían soltado sus hojas y ahora solo eran ramas cafés cubiertas con nieve, era un Montreal diferente con noches largas y días cortos que transformaban la oscuridad, con pequeños copos danzando con el aire, sin sentir el frío del invierno.

Era nuestra primera navidad en Canadá y la pinté de colores con una piñata que hice para mi hijo llena de serpentinas, dulces y esperanza.

Carlos trabajaba unas horas en limpieza y comenzamos a estudiar francés, ya que era más fácil hacerlo mientras se tramitaba el refugio. Ayuda mucho el apoyo económico que nos daba el gobierno y las despensas que nos proporcionaban a precios muy bajos, que Uriel disfrutaba sacando. Él se alegraba cuando traían postres o pan para hornear. Le encantaba ver cómo se transformaba el pan en el horno o decorar con grajeas de colores y chispas de chocolate las galletas.

Empecé a buscar lugares para estudiar francés en donde Uriel pudiera estar con otros pequeños y lo aprendiera también él. Era la única forma de adaptarnos más rápidamente al país sin sentir el rechazo y encontré "Harmonie" un lugar especial para los niños migrantes que no sabían el idioma y que tenían entre 3 y 5 años de edad, preparándolos así, para integrarse a preescolar. Era una tranquilidad estar con mamás que estaban pasando por lo mismo y sentirnos acogidas por la institución para apoyar a nuestros hijos.

La vida comenzó a ser más fácil para los tres, ya estábamos rentando un apartamento en el *sous-sol* (sótano) solo para nosotros. Lo habíamos amueblado con cosas usadas, ya contaba con dos recámaras y un pequeño patio trasero para que mi hijo pudiera jugar. Teníamos unos vecinos salvadoreños que nos apoyaron cuando lo requerimos y eran familiares del señor Pepe, de esta manera sentíamos que ya no estábamos tan solos.

Canadá es un país que apoya a la mujer y de alguna forma me sentía protegida de ciertas actitudes de Carlos, aunque no cesaban en ocasiones sus celos, aún estando embarazada pero ya no eran las discusiones tan fuertes como en México. El embarazo de mi bebé era la fe, que nos daba la fuerza para continuar en ese país y quedarnos por más tiempo. Uriel y yo lo vivimos caminando entre la nieve, tomando clases y empujando la carriola, abriéndonos paso con ella. Algunas veces la usaba para que él se fuera sentado y en otras ocasiones con despensa y verdura que no podía cargar por mi embarazo.

A veces Uriel con el frío caminaba dormitando mientras yo empujaba la carriola llena de cosas y él se sujetaba de ella. Lo miraba sin poder subirlo a mis brazos, ya estaba en los últimos meses de embarazo, así que me detenía un poco para platicarle historias o enseñarle los árboles y las ardillas que se trepaban en ellos para así despertarlo y retomar la caminata para llegar a casa sin detenernos, ya que en ocasiones el frío estaba a menos 35 grados.

Cuando pasábamos por un parque me detenía un momento para que se subiera a la resbaladilla, me era chistoso ver a los niños, parecían "ewok" con la ropa de invierno, apenas y se podían mover. Llegábamos a la casa de noche, porque a partir de las cuatro de la tarde comenzaba a oscurecerse. Aún siendo invierno, no perdía la oportunidad de salir e ir a eventos de cuenta cuentos en la biblioteca "Le Prévost" y llevar a Uriel para que se siguiera familiarizando con el francés e interactuara con niños. A él le encantaba traer libros a casa y dibujar o recrear sus propias historias con los personajes de los cuentos, le gustaban los cuentos de monstruos que tuvieran muchos colores y con páginas grandes, que apenas y podía sujetar.

Recuerdo que meses atrás en un bazar de ropa usada, había un disfraz de dragón que quiso y pidió que se lo compráramos, estaba muy emocionado con él y al llegar a casa solicitó que se lo pusiéramos para salir al parque. Los niños lo miraban intrigados, él por el contrario se sentía seguro dentro de ese dragón, le permitía acercarse a ellos sin ser descubierto, o tener que hablar su idioma.

Yo no sabía cómo quitárselo porque sin él ya no quería salir y esto era un claro reflejo de la inseguridad que también nosotros le proyectábamos.

Hasta que un día lo dejó, después de hablar con él, diciéndole que el disfraz lo limitaba para subirse a los juegos o meterse en la arena y aceptó pero más adelante lo cambió por una gorra con cuernos de vikingo y un dragón de palo que montaba para ir a cualquier lado. Ya podía interactuar con los demás y jugar más tiempo, su acento comenzó a ser similar a los canadienses, me sorprendía escucharlo hablar con mayor fluidez. Nos estábamos adaptando a una vida diferente, ya nos comenzaba a gustar estar ahí y llegó el día del parto, ya estaba programada para cesárea en el hospital judío con un ginecólogo que hablaba español.

Todo estaba listo para las nueve de la mañana, ella no quería nacer se resistía a salir y el doctor la tuvo que empujar para evitar que se quisiera quedar y cuando la saco lo primero que dijo el doctor:

— ¡Es una hembra enojona!

Pero en realidad él desconocía, que era una pequeña valiente que había tenido el coraje para quedarse, habiendo elegido nacer en ese país, con padres migrantes que no sabían qué les deparaba ni por cuánto tiempo más se quedarían.

La atención en el hospital fue muy diferente a la de México, estuve 5 días internada, parecía que estaba de vacaciones con atención en el cuarto en todo momento. Al salir del hospital en abril estaba cayendo nieve, pero ya no hacía frío, la temperatura comenzaba a ascender. Para Uriel no era tan fácil compartir el amor de mamá con su hermanita pero anhelaba tener compañía e hizo varios dibujos que lc llevó al hospital cuando nació. Ella comenzó a hablar desde antes de cumplir el año y a gatear aprisa para alcanzar el ritmo de su hermano. Nictè fue creciendo con juegos, canciones y a no moverse del trineo cuando llevábamos al Kinder a Uriel. Los días para nosotros eran una fiesta, aprendí hacer muñecos y figuras con la nieve, ellos se emocionaban ayudándome, les tomábamos fotos y nos acostábamos sin importar el frío, para marcar los angelitos y dejarlos ahí, hasta que el sol llegara por ellos. Los parques se transformaban en pistas de patinaje y aproveché para conseguirle unos patines a Uriel y enseñarle a patinar. Era emocionante ver a los chicos jugar hockey desde muy pequeños y como madre ya veía a mi hijo como ellos, pero no todo es para todos. A él no le era fácil, yo lo sostenía para que no se cayera porque las piernas se le doblaban, tampoco yo sabía muy bien, solo le mostraba como deslizarse y mientras le enseñaba, ella por lo regular se distraía jugando con la nieve.

—¡Vamos Uriel tu puedes! Solo desliza tus pies –le decía esperando que mejorara y fue entonces cuando Nicté pasó frente a nosotros deslizándose con sus botas de nieve, como si tuviera patines y hasta daba giros. Lo que tanto me empeñaba en que hiciera su hermano y lo comprendiera, ella ya lo estaba haciendo y me sonreí mientras la miraba con ese entusiasmo con el que lo hacía, creyendo ella que ya estaba patinando.

Varios inviernos se fueron deslizando durante esos años que me llevaron a entrar en ese espacio frío y oscuro dentro de mí, para liberar el resentimiento que le tenía a mi pasado. Había adoptado a la madre de Carlos como la mía y tenía una mejor convivencia con ellos que me hacía distanciarme de los míos. Ese recuerdo me llevó a sentir odio por mi madre que se activó durante el embarazo de mi primer hijo, sin comprender que la vida me pedía tocar las heridas no para reclamar o quedarme en ellas y seguirme lastimando. Esto me impidió valorar la vida que ella me dio y lo que pudo hacer por mi aún teniendo su corazón fracturado. La soledad lejos de mi clan, me hizo abrazar ese árbol que en lugar de hojas, estaba escarchado de nieve y parecía estar muerto, pero en su interior emanaba vida y se abrazaba con fuerza a la tierra. Fue entonces cuando valoré lo que juntos vivimos. La distancia y el tiempo me hizo reconocerlos de nuevo, apreciando el amor que mis padres pudieron darme y que seguramente era más de lo que ellos también recibieron.

19

Luna oscura

Los recuerdos comenzaron a ser sueños
que quizás solo fueron creación de mis propios pensamientos
y los fui soltando como hojas
que desprende el viento
dejé de interpretar o etiquetar todo momento
para sentir mi vida vibrar
cada instante con el universo.

Me animé a rentar un local para dar las clases en un lugar más amplio y dejar de ocupar mi casa como escuela, le pedí apoyo a Carlos pero lo más que pudo hacer, es sacar un préstamo a su nombre y me advirtió que si no resultaba, yo no hundiría a la familia conmigo. Recuerdo que eran $20,000 pesos, hace aproximadamente catorce años y para mi era muchísimo dinero que tenía que pagar a un plazo de dos años sin el apoyo de nadie más. Le pedí $4000 pesos a mí mamá porque no me alcanzaba, y así abrí mi centro llamado "Acude" Arte, Cultura y Deporte. Durante el primer año, varias veces me sentí contra la pared porque los ingresos solo ajustaban para los gastos, estaba ahí toda la mañana y por la tarde tenía conmigo a mis hijos en diferentes actividades ahí mismo, ya que había contratado a instructores para ampliar los servicios. Julieta tenía un año y meses, se la pasaba entrando a las clases y en todos lados dejaba su biberón, cuando ya estaba cansada le ponía una colchoneta y la dormía cerca de mí mientras daba clases. Era estresante, casi no tenían tiempo para estar con ellos, así que aprendieron a ser independientes y hacer sus tareas y deporte después de las clases.

Había momentos en donde ya no tenía fuerza para continuar y tampoco dinero para pagar, Carlos me sugirió que yo diera las clases de Yoga y así lo hice. Aprendí viendo a los demás instructores y continúe dando Zumba, Step y Pilates, con ello me ahorraba su pago y pude soportar un poco más para no cerrar. Estaba muy estresada, me partía en pedazos entre la casa, los deberes de la escuela de los niños y el negocio. Los nervios comenzaron hacer estragos en mí, dejando a un lado la tolerancia con Uriel y Nicté, y me duele decirlo pero los golpes aparecieron, cuando yo me había jurado jamás lastimarlos como a mí me lo hicieron. Me sentía miserable y busqué ayuda, ya que en mi inconsciente, estaban guardados esos recuerdos, y se estarían repitiendo si no ponía un alto en ese momento. Fui con la señorita Rosita, una terapeuta holística que había ayudado a Julieta con un dolor abdominal de recién nacida. Le dije que sentía explotar mi cabeza, cuando escuchaba gritar a mis hijos y esto era más palpable a partir de la operación de la *salpingo* a la cual me había sometido. Era una mujer muy tranquila y amorosa, que hizo magia con sus manos, cuando toco mi matriz a través de un masaje pélvico y sanó lo que decía ella, era lo que provocaba que mi sistema nervioso se alterara. Llegué a ir dos o tres veces con ella y eso bastó para que jamás volviera a dañar a mis hijos. No sé cómo lo hizo, pero sanó las heridas que hacían repetir las historias aprendidas, de esas mujeres, que fuimos engendradas en esa matriz colectiva.

Después de un año y medio de mantener a Acude comencé a tener más ingresos y ya no me era complicado dar varias clases. A los dos años de tener el negocio Carlos decidió salirse del gimnasio en donde trabajaba porque ya no se sentía motivado y se integró conmigo, dando un nuevo concepto al lugar y se modificó también el nombre. Para mí estaba bien, él se encargaba de llenar el lugar y era muy buen entrenador, por fin podía desprenderme más tiempo de ahí. Comenzaron a pasar los años y las infidelidades de él también se fueron dando, era muy cordial, amable en el gimnasio y poco tolerante en casa, pero para Carlos yo siempre estaba exagerando cuando le reclamaba su comportamiento y todo lo negaba, generando cambios transitorios que le provocaban seguirme engañando. La distancia entre nosotros se hizo más notoria, era fuerte la presión de él cuando yo subía de peso porque ya no le agradaba mi físico y hablaba de lo bien que se veían las mujeres que entrenaba, sus comentarios a veces eran hirientes.

Recuerdo que estaba próxima la boda de su hermano y decidí hacer un cambio de imagen con un corte y un nuevo color en mi cabello en un tono chocolate, que me encantó cuando me vi al espejo, al regresar le pregunté cómo me veía, me miró de manera indiferente y me dijo que proyectaba la imagen de una mujer vieja y mugrosa. Me quedé consternada mientras él estaba en su celular, esperaba que dijera que era una broma y al no decir nada le respondí

—Tal vez tu te sientes así y te estas proyectando en mi.

Muchos años me llevó comprender que jamás cumpliría mi sueño roto de un hombre que existía solo en mi imaginación, idealizándolo y anulándome para poder entrar en su vida

Y a los 37 años me llegó la oportunidad de estudiar Terapia Física, no me sentía plena aun siendo mamá, mi vida estaba incompleta y el universo me escuchó. Hablé con Carlos sobre estudiar y de inmediato se negó, eran sus celos al pensar que quería tocar a los hombres, por eso mi afán de estudiar masaje. Las discusiones sobre el tema ya eran desgastantes, yo solo quería aprender, así que le pedí a Dios me enviara un mensaje y haría su voluntad. No sabía a dónde ir, mis cuñados eran terapeutas físicos y lo habían estudiado en la Ciudad de México y era sorprendente cómo las personas mejoraban físicamente con solo hacer ajustes quiroprácticos. Recuerdo cuando en el pueblo la señora de Guadalupe, una *sobandera* me acomodaba la columna o me *cerraba la cabeza* como ella decía, cuando me convulsionaba o me desmayaba al ver sangre y después del golpe no me paraba el dolor y el vómito. Me vendaba la cabeza, me impresionaba lo que hacía porque se me quitaba el malestar después de que me atendía.

Esa misma tarde salí a comprar unos libros de ingles para mis alumnos en la librería Porrúa, no lo podía creer, estaba un cartel en la entrada en donde se anunciaba el Diplomado en Terapia Física y las clases solo eran un fin de semana al mes con duración de dos años. Estaba feliz, mi petición había sido escuchada y la vida iluminaba mi nuevo camino. Al llegar a casa hable con él, le dije que era voluntad de Dios y lo haría le gustara o no la idea, ya no tuvo opción de negármelo y fue a conocer el centro para descartar según él, que fuera una escuela de citas, en donde se diera masajes eróticos de manera clandestina. Cuando llamé al maestro del diplomado por algunas dudas que aún tenía, me hizo consciente de una realidad que yo no vislumbraba.

—¿Has pensado en qué harías si algún día no esta tu marido y cómo podrías mantener a tus hijos? ¿O si se diera una separación? –me dejó pensando porque lo que ganaba de ACUDE no me daba para solventar los gastos de la familia y sin pensarlo más regresé a estudiar después de muchos años, era oxígeno que le volvía a dar sentido a mi destino. Pagaba las mensualidades con clases de regularización e inglés que impartía a los niños, a los pocos meses ya estaba dando terapia y pagando mis talleres de las consultas que brindaba.

Carlos se quedaba con nuestros hijos, les hacía de comer y convivía más con ellos ese fin de semana, es algo que le agradezco porque comencé a sentir que mi vida tenía sentido. Y un diplomado me fue llevando a otros, mi pasión por la Terapia Alternativa era inigualable ya que no había ejercido la carrera de la universidad, pero no me importaba porque no era lo que mi alma buscaba. De la terapia física siguió la terapia emocional y ahí comencé a verme reflejada con los pacientes, a quienes seguramente atraía porque eran mi espejo. Cada que venían mujeres sufriendo por infidelidad, me confrontaba a mí misma, intentando mantener mis piezas rotas, unidas con mentiras para no romperme aún más y no mirar mi vida devaluada, aceptando infidelidades sin poner un alto por miedo, falta de valor y vergüenza de mí misma. Cada infidelidad, era un golpe a mi autoestima, laceraba mi corazón, dejando el dolor al descubierto. Perdí la fidelidad hacia mí, me sentía indigna de recibir amor y me permitía ser maltratada, cumpliendo con patrones internos, creyendo que actuaba desde la libertad, enamorada de recuerdos atrapados sin comprender y culpando al hombre, sin tocar el origen del maltrato, toleraba la agresión, guardando las apariencias para no hacer nada al respecto y con los años me fui acostumbrando a esa relación de traición.

Fue ahí en el gimnasio en donde conocí a Karina, el amor platónico de Carlos en su adolescencia quien fue su inspiración para componerle varias canciones. No hay equivocaciones y los encuentros se dan en ese preciso instante para ser vividos sin imaginarse que alguna vez sucederían y me tocó a mí ver el sueño de mi marido cumplirse después de muchos años. Ellos se habían conocido en Xochimilco, ella se casó con un amigo que ambos tenían en común. Por cuestiones de trabajo a Mauricio su marido lo habían trasladado a Querétaro hacía varios años y coincidieron en Sport

Zen, nombre que sugerí a Carlos para el gimnasio. Él no podía creer que de repente fuera tan pequeño el mundo y la vida los volviera a juntar. Yo no decía nada porque solo eran amigos, él decía que no entendía porque antes le gustaba. Empezó a entrenarla solo unos días a la semana y después ya eran más constantes sus visitas, él se llevaba la guitarra porque decía que dios la había puesto en su camino para que le entregara sus canciones, ayudándole así a soltar su infelicidad y los problemas que tenía con Juan su marido. Yo solo me limitaba a saludar cuando la veía y atender a mis pacientes en el consultorio que había adaptado en el gimnasio.

Pasaron algunos meses y su interés cada vez era mayor por ella hasta que él se delató diciéndome que ella era quien lo buscaba y él se había negado a tener relaciones, al escuchar su confesión me sentí privilegiada al haberme dado el lugar de esposa. Creí en sus palabras y con eso me bastaba para seguir mi vida normal.

En aquella época me había ofrecido como voluntaria para dar terapia, nadie me lo había pedido y la experiencia que viví dentro, no era lo que yo al principio imaginé. Quería cambiar el mundo y ellos me hicieron ver la cárcel que existía en mi mundo interno. Jamás había visto a un adolescente esposado de pies y manos para evitar que nuevamente intentara suicidarse y de esa manera liberarse. No se permitía tener contacto físico con ellos, ni tutearnos, solo podía acercarme a través de las palabras en un corto tiempo. Javier y Alonso fueron mis primeros pacientes y a ninguno de ellos les importaba mi presencia, mucho menos mirarme a los ojos.

— ¿Cual es su delito? – le pregunté a Javier
— Homicidio.

Sentí como la sangre se enfrió en mi cuerpo y me quedé callada sin saber qué decir y Alonso que solo tenía 17 años, su delito era secuestro y robo. Fue muy breve el tiempo que pasé con ellos, al salir tuve que caminar por el patio en donde se encontraban en descanso, algunos jugaban basketball y otros platicaban entre ellos. Sentía como me temblaban mis piernas mientras cruzaba y lo único que deseaba era estar fuera de ahí. No entendía cómo a tan corta edad habían destruido sus vidas y qué los había llevado hacerlo. Me llegaba la imagen de mis hijos, era una mezcla de emociones que se generaban sin comprender lo que una madre puede sentir al tener a un hijo en la cárcel y no poder estar con ellos como lo hacía yo con los míos. Subí a mi camioneta y salí de ese trance en el que estaba, tocando mundos diferentes que me hacían colapsar la percepción que tenía de la vida.

— ¿Por qué? ¿Porqué Dios mío? ¡Ayúdame, es muy fuerte para mí! ¡No puedo! –le pedía fuerza, llorando sin comprender que podía hacer con ese dolor ajeno, que también existe y no lo había visto.

Cada martes y jueves los escuchaba y tocábamos juntos el dolor que los había llevado a cometer delitos. Después de varias sesiones con lágrimas que brotaban del alma de Alonso, reconoció el odio que le tenía a su padre al ver cómo golpeaba a su madre cuando él era pequeño y había sido incapaz de defenderla, dejando una huella profunda de venganza que lo llevó a secuestrar e inconscientemente proyectaba a su padre en la persona secuestrada. Sentí su tristeza, parecía un niño llorando al descubrirse lastimado y quise abrazarlo, pero no se me permitía y me quedé ahí, acompañándolo hasta que el custodio se lo llevó. Inicie con dos consultantes y al pasar de los meses ya eran más de veinte reos a los que les daba acompañamiento terapéutico. Javier que tenía mi mismo apellido me llevaba a introyectar mi propia experiencia.

— ¿Le puedo hacer una pregunta ?
— Claro –respondí creyendo que todo lo sabía.
— ¿Un ciego puede guiar a otro ciego?

Me quedé callada, no sabia que contestar, hasta que después de un rato le respondí.

— No, un ciego no puede guiar a otro ciego porque sólo le llevaría por el camino que él conoce y no le permitiría explorar más de lo que él también desconoce.

Él me escuchaba y no me daba su opinión, ni debatía, solo dejaba esa semilla de la duda, guardada en mí cada que lo veía y con sus preguntas me llevaba a ese rincón que jamás había explorado. Era un muchacho que hablaba poco y de niño fue herido cuando se enteró por su agresor, que su madre era prostituta y que gracias a él, también ella tenía para darles de comer. Cada una de sus historias me llevaban a los abusos, violaciones, golpes y maltrato que habían destruido sus vidas desde muy temprana edad y para algunos de ellos parte de su infancia la había pasado en la cárcel para estar con sus padres y nuevamente se repetía el ciclo que seguía sin terminar.

Armando, un muchacho de 16 años, había tenido varios episodios de depresión, no sabía cómo abordarlo para apoyarlo a darle un nuevo sentido a su vida, aún estando encerrado y con una sentencia de varios años. Me senté frente a él, se encontraba a dos metros de distancia, su mirada era dispersa, parecía estar lejos y ya no le importaba vivir. Suspiré profundamente y enfoque mi vista hacia la ventana, el sol alumbraba el consultorio y fue entonces cuando lo miré y las palabras hablaron desde el corazón.

— Nosotros los humanos nos hemos separado en clases o juzgamos nuestros actos de acuerdo a nuestras creencias y decidimos a quién privilegiar y a quiénes no pero el sol no lo hace, el alumbra por igual en los montañas, en la ciudades o en la cárcel. No lo juzga, ni el viento, ni la tierra y mucho menos la divinidad que le dio el aliento de vida. Usted puede quedarse sufriendo porque está en la cárcel o elegir ahora cómo quiere vivir, haciéndose consciente de que está vivo. No va a borrar lo que ya hizo pero puede alumbrar esa oscuridad que lo llevó a cometerlo.

Él levantó la vista, reflejando en sus ojos pequeños destellos de esperanza.

— Ayúdeme, no quiero seguir castigándome, deseo comenzar de nuevo –me dijo y a partir de ese momento se dejó abrazar por el sol.

Cada uno de ellos se sentía libre de hablar y llorar en ese pequeño cuarto y me permitían tocar su corazón para sanarnos mutuamente.

Gabriel estaba próximo a salir reduciendo su condena de cuatro años a tres años y medio por buen comportamiento y pidió verme en terapia antes de irse.

—Me alegra que se vaya y más gusto me va a dar que ya no regrese, ¿sabe usted que cerca del 90 % de los reos se reintegran a prisión o los matan porque vuelven a delinquir? – le dije sin dejar de mirarlo, tomó aire y retrocedió, dejando al descubierto el impacto que las palabras le habían provocado y continué–. Nadie lo espera afuera como usted se lo imagina, ellos continuaron el curso de sus vidas y la de usted se detuvo al entrar a este lugar –me miraba y su rostro palideció al escucharme –no ponga expectativas en ellos porque sufrirá y terminará regresando, quizás por el mismo delito o por otros tantos. Tal vez sea necesario cambiar de residencia y dejar aquí el pasado sin volver a buscarlo. Usted decide qué hacer con su vida, no permita que nadie más se la arrebate y la destruya, porque no les importa en absoluto lo que hagan con ella. Retome sus sueños, no los suelte hasta que se funda en ellos y lo felicito porque logró acortar su sentencia, sé que era algo que usted anhelaba. Se le derramaron algunas lágrimas que inmediatamente limpió para no dejarlas caer y llevarlas con él.

— Gracias y yo espero también no regresar –fue lo último que dijo antes de salir.

Un jueves que me disponía a salir e ir al tutelar para menores, una voz interna me detuvo: *"Quédate y espera"*, creí en esa voz sin entender porque tenía que quedarme, así que avise al tutelar que no podía asistir por cuestiones de salud. Saqué la camioneta y la estacioné dos cuadras más adelante, le avisé a Carlos que me iría como de costumbre y me quedé en la casa, fingiendo mi partida. Aproveché para limpiar un poco aunque seguía consternada, una hora después oí que estaban abriendo la reja de la casa y me apresuré a meterme en la recamara, debajo de la cama, se me hacía muy estúpido lo que estaba haciendo pero ya estaba en ello, me quedé en silencio esperando que se fuera y lo escuche haciendo una llamada con alguien.

—¡Hola! ¿Cómo estás? Ya se enteró y lo hecho, hecho está, pero quiero verte y no puedo ya hacerlo en el gimnasio.

En ese momento salí dela recamara, se sorprendió al verme ahí y le grité

—¡¿Por qué?! ¡¿Por qué me mentiste?! Dijiste que nada había pasado entre ustedes –se quedó en shock sin saber qué hacer – eres un maldito mentiroso –quiso tocarme pero le lancé un golpe en la espalda. No quería que se acercara y lo único que se me ocurrió fue hacer una llamada a mis padres pero él inmediatamente me quitó el celular y cuando se lo arrebaté se cayó y se zafó la pila.

— Perdóname, perdóname por favor –se hincó abrazando mis piernas, yo no quería que hiciera eso, lloraba de rabia y tristeza, le pedí que se levantara y se fuera, no quería hablar ni verlo en ese momento.

Estaba espantado con mi reacción y salió aprisa sin decir ya nada. Comencé a buscar la pila de mi celular pero no aparecía por ningún lado, tenía la necesidad de ser escuchada y hasta eso se me negaba hacerlo. Me quedé sentada en el sillón llorando y consternada por lo que había pasado, él no tardó en cerrar el gimnasio y regresar para que habláramos. Creí en su arrepentimiento y decidimos apoyarnos mutuamente para reparar el daño que se le había hecho a la relación. Prometió no volver a hacerlo y cuidar de su familia, alejándose de ella.

Karina seguía yendo a entrenar y yo ya no toleré seguirla viendo como si nada pasara. Ella también asistía a veces con sus hijas y su esposo raramente por las noches, yo no entendía cómo ellos podían fingir y sobre todo que Carlos lo siguiera entrenando, sabiendo que se había acostado con su esposa, así que le dije que necesitaba hablar con ella y concerté la cita en mi consultorio. A Carlos le preocupaba que le dijera a su marido lo sucedido; algo que definitivamente no haría, no tenía ningún derecho a lastimarlo por igual y a sus hijas, por la infidelidad de su esposa y mi marido. Llegó a la cita muy arreglada, entrando con cierta arrogancia y diciéndome que no disponía de mucho tiempo.

— No te preocupes, será muy breve, tu ya sabes porqué estás aquí.

No sé que esperaba escuchar, quizás que le reclamara o la amenazara con evidenciarla con Mauricio su esposo, pero no lo haría.

—Sé lo que pasó entre ustedes y no estoy de acuerdo en que sigas viniendo como si nada pasara o si realmente quieres seguir con él, deja de esconderte, sean honestos y si Carlos es la persona con quien quieres estar, haz las cosas bien, no con mentiras y no te preocupes, no voy a decirle nada a tu esposo, no pretendo destruir un matrimonio como tú lo estas haciendo. Tienes dos hijas que también aprenden de ti y las historias se repiten cuando menos lo esperas –se quedó consternada y comenzó a llorar.

— Lo lamento, pasó todo muy rápido, no me he ido porque es un buen entrenador y no he encontrado otro lugar que me de resultados –Yo la escuché sin dar crédito a sus palabras.

— Sí, lo sé, solo que tuviste relaciones con él y ya no solo es tu entrenador ¿o te vas tú, o me voy yo? –Se levantó y ya no dijo nada, limpió su rostro y salió indignada.

Me quedé ahí en silencio, como una flor marchita que está muriendo y solo mira como sus pétalos se van desprendiendo sin poder abrazarlos. A Carlos no le importaba lo que yo estuviera sintiendo, y yo seguía aferrada a mantener unida a una familia desintegrada. Qué ironía, la amante piensa que sólo tiene ojos para ella y él cree que sólo ella lo espera. La esposa pasa a un segundo plano y deja de escuchar palabras amorosas que ahora son para la otra: "¡Qué linda eres! ¡Te ves hermosa! ¿Cómo estás corazón? ¡Te extraño, ya quiero estar contigo!"

Y se despierta entre ellos la pasión que fue perdiéndose en la relación con la pareja, dejando atrás las caricias, los encuentros y las palabras que le pide ella volver a escuchar y él se niega porque asume que ya lo sabe, pero ha pasado tanto tiempo que ya ni siquiera lo recuerda, solo entre ellos hay indiferencia. Él le asegura que sólo piensa en ella, cuando duerme con su esposa a la que desde hace mucho ya no toca, se acabó el deseo, las ganas de penetrarla y hacerla vibrar en orgasmos que quedaron aniquilados por la rutina y el hastío. La amante espera que él se pueda escapar para recibir sus mensajes o poder verlo y se llena de alegría creyendo que es la única pero ese momento en donde estarán juntos tal vez se prolongue más de lo acordado. Ambas mujeres saben que se engañan y son traicionadas, hasta que una de ellas deja de pelear una batalla que nunca va a ganar si se sigue aferrando, porque únicamente se irá perdiendo con el tiempo y cuando toma su dignidad se retira porque ha vuelto a encontrarse.

Y no me fui, me quedé y comencé a correr, a no parar, para no sentir o ver lo que estaba haciendo con mi vida y mi integridad como mujer. Inicié con carreras cortas de 5 y 10km., en menos de un año, dos medios maratones y al año corrí el maratón de la Ciudad de México en el 2015. Mi encierro mental se derrumbaba en las carreras y emergía esa sensación de libertad en donde nadie podía detenerme, haciéndome recuperar la fuerza y llegar a la meta sin importar el tiempo que tardara en hacerlo. Disfrutaba salir de la casa, correr sola, sintiendo mis pies avanzar sin miedo, sin límites y paradójicamente no me atrevía hacer lo mismo con mi relación. Quise regresar a esa ciudad en donde hacía muchos años mi vida era diferente, pasé por esos lugares que alguna vez visité. Seguía ese aroma que guardaba celosamente como recuerdo en mí y me fui a recoger las huellas que alguna vez dejé. Fue hermoso ver nuevamente Bellas Artes, el bosque de Chapultepec, Reforma, Insurgentes, el Auditorio Nacional, Polanco, El *World Trade Center* y terminar en el estadio de Ciudad Universitaria impulsada por el apoyo de la gente que nos animaba a no detenernos y a seguir mirando de frente. Llegué después de tres horas de correr sin parar, ahí estaban mis papás que habían viajado del pueblo para poder verme y mi tía Flor con quien viví estando en la preparatoria. Me habría encantado ver a mis hijos pero Carlos no quiso ir y por consecuencia no los llevó. Me entregaron mi medalla que representaba la letra E para ir uniéndose en cada maratón hasta formar la palabra México y sin importar que solo tuviera una letra, me sentía orgullosa de lo que había logrado. No me detuvo tampoco el dolor de las piernas que ya se sentían contracturadas al caminar, pasé por rectoría, dejando caer mi cuerpo en el pasto, integrándome en la inmensidad del cielo y en los murales de la biblioteca central Muchas veces estuve ahí, vimos películas en la facultad de filosofía, llegué a pasar horas en la biblioteca o en la explanada, donde me tomaron las fotos de la graduación, para mi era un honor regresar y volver a revivir mi espíritu universitario.

Me fui a casa, dejando esta experiencia de fuerza y persistencia, guardada en mi corazón. Ya no corría con la misma intensidad y sin imaginarme que algún día me podría cruzar con algún chico del tutelar... ese día llegó cuando salí a correr.

— ¡Doctora! ¡Doctora! –gritaban. Me detuve cuando reconocí la voz, era Gabriel que hacía un año había salido libre, me alegró mucho verlo y por primera vez estreché su mano.

— ¿Cómo está? ¡Qué gusto saber de usted!

— Estoy bien doctora, trabajo y estoy juntando dinero para regresar a estudiar, vivo, con un amigo, no quise estar en el mismo lugar de antes –sonrió e hizo una pausa –para no repetir la historia.

Me asombraba ver lo que estaba haciendo con su vida, su rostro era diferente, tenía brillo en sus ojos que fue lo que noté en la cárcel, muchos de ellos habían perdido la luz en su mirada, reflejando la penumbra en la que se encontraba su alma. Me preguntó si seguía yendo a dar terapia al reclusorio.

—No ya no, hace algunos meses que dejé de ir, ya no me autorizaron el acceso –escucharme lo consternó.

—¿Por qué?

—¿Recuerda que entró un nuevo jefe de custodios, casi antes de que se fuera?

—Si claro.

—Era una persona déspota que abusaba de su poder y varios muchachos me hablaron sobre cómo los estaba tratando y los alenté a pedir ayuda a derechos humanos. No sé si fue posible que lo hicieran pero a los pocos días me avisaron que ya no podía continuar dando terapia. Me dolió mucho no despedirme y no hacer ya nada al respecto. Sé que la vida sabía que ya no era seguro para mí continuar ahí y lo acepté sin intentar regresar pero me es muy reconfortante saber que se encuentra bien.

—Gracias, espero volverla a encontrar y tener una carrera terminada

—Seguro que así será.

Nos despedimos. El encuentro sin duda fue un regalo hermoso que me daba la vida y confirmé que no había perdido mi tiempo, como alguna vez me lo dijeron.

Hacía ya tres semanas que Carlos no estaba con Karina y aunque le reclamé, lo grité y lo lloré, me quedé, hice las maletas para ir a Huatulco a festejar nuestros quince años de casados. Quería que fuera algo especial y desde hace varios meses atrás estaba pagando el viaje, había invitado también a sus padres y a los míos, como agradecimiento por habernos dado la vida. No me atreví a suspenderlo y nos fuimos para celebrar la falsedad y mi escasa valía. Durante cinco años más continúe en ese letargo, anestesiada, escuchando sus mentiras que me hacían sentir aún más miserable. Ya no fue Karina, ahora era la monja con la que no pudo tener nada hace muchos años, porque estaba en el convento y logró localizarla en redes, o la psicóloga que lo sedujo sin poder hacer nada y la camarera del hotel en Ixtapa a la que quiso tocar y ella se rehusó, sacándonos el gerente a mis hijas y a mi también del lugar. Le era placentero que me enterara, sin importarle el dolor que me ocasionara y siempre me culpaba, reprochándome que yo había estado con otros hombres antes de conocerlo. Me hacía creer que deseaba separarse de mí desde hace mucho tiempo, pero no quería lastimar a sus padres con su decisión y cuando hablaba de cómo sería su vejez, yo no figuraba en ella. Siempre que se sentía presionado o ya estaba aburrido de la rutina, decía que se iba a regresar a Canadá y de lo que yo si estaba segura, era de no seguirlo, ya no jalaría a mis hijos para empezar de nuevo en otro país por su inestabilidad. No sé porque me quedé tanto tiempo en silencio, ocultando lo que estaba viviendo, pero ahora sé cuánto me dolió y no me permitiría volver a vivirlo de nuevo.

20

Reloj dorado

He dejado de temerle a la muerte
me vestí de vida
adorné mi cuerpo desnudo
con flores silvestres
solté mi cabello
a la libertad del viento
y me uní en un solo palpitar
al corazón del universo.

F ue entonces cuando volví a ver mi soledad, esa soledad que cubría con compras, con silencio, callando, aguantando más tiempo y muriendo por dentro. Hacía mucho que no sabía lo que era estar conmigo, mi soledad iba en aumento, lloraba a escondidas y yo solo secaba mis lágrimas para no mirarlas, huía de mí, hasta que mi corazón se hizo escuchar y sentí esa soledad que gritaba, ya no soportando mi autoengaño, deseaba ser vista por mi para volver a ella y dejar de esconderla. *"Mírame, estoy muriendo, necesito que te detengas, que me levantes, que me mires con amor, que dejes de ocultarme, necesito verte, necesito sentirte nuevamente* viva, me duelen tus heridas, necesito que me veas, que me sientas, que me escuches".

Ya no permitió que me escondiera, que tapara su rostro. La miré completamente despedazada, ya no podía, eran tantas mis laceraciones, que ya no soportaba seguir siendo minimizada. Mi corazón estaba roto, cada fragmento se dispersó en la penumbra de mi vacío interno, ya no tenía fuerza para continuar viviendo sin ese amor que olvidé reconocer en mí y anulando a mi soledad que siempre había estado ahí, a mi lado, conmigo.

Sentía mi cabeza estallar, vivía desesperada y mi caos interior me estaba enloqueciendo. Me levanté de madrugada, ya no podía dormir, saqué unas hojas y mi alma comenzó a escribir lo que me estaba ahogando, convirtiéndose mi sentir en palabras. Cada imagen de mi vida se iba plasmando y así, este ejercicio personal se convirtió en la terapia, que me acompañó durante casi dos años.

Necesitaba hablar, verlo, no me había ido de viaje a la playa solo para volver a lastimarme y destruir más a mis hijos, puse mis esperanzas en ello, creyendo que todo cambiaría a partir de ese evento. Pasaron solo algunos días de haber regresado y le marqué, fue ahí en ese parque cerca de la casa en donde me vi llorando, rogando por migajas de amor. Nos sentamos en una banca, él me ignoraba nuevamente, ya no le importaba como me lo había hecho creer en Oaxaca, apenas podía hablar, tenía gripe y estaba afónica, mi cuerpo también somatizaba mi desequilibrio emocional.

— ¡No llores! Te están viendo, ¿ahora qué quieres?, ¿para esto me hablaste? No entiendo cómo esta cultura impone una fidelidad, si en otros lugares es anormal. Ven ¿quieres que te abrace? –Y puso su brazo en mi hombro para que ya me callara.

Yo trataba de contenerme, no tenía más argumentos para defenderme, estaba agotada era una lucha interna en la que solo yo me aniquilaba y mi ser ya no permitía seguirme humillando. Me desdobló, me separó, parecía como si una parte de mí se hubiera salido y miraba la escena desde el otro lado de la acera, era un golpe muy fuerte ver desde el otro lado, tan solo lástima y auto-conmiseración.

"¿Qué estás haciendo? ¿En dónde se quedó esa mujer fuerte que nada la detenía? ¿Por qué te has abandonado y permites que te rompan?" me decía. Fue solo un instante en que tuve la oportunidad de observarme a distancia, hablarme desde otro punto para reconocer mi vida anestesiada y clavada en el apego y al maltrato. Me levanté y sequé mis lágrimas, ya no quise hablar, me fui en silencio a la casa. Él se desconcertó por mi reacción, me preguntaba si estaba bien, pero por primera vez después de muchos años, me había visto y abría los ojos a mi realidad. Ya no era la misma mujer a la que él sometía y le hacía creer que él era el único hombre que podía estar con ella, mereciendo ser castigada por estar marcada con la historia de su vida. No permití que siguiera aplastando mi autoestima y culpándome, parecía que todo a partir de ese día se alineaba para terminar lo que no me atrevía a cerrar porque me desconocía.

Al día siguiente Uriel se levantó temprano para ir al gimnasio de su papá y entrenar pero esta vez se había ido más temprano que de costumbre, regresando molesto y cabizbajo.

—Mamá hay algo que se llama dignidad y respeto, si mi papá no lo tiene, ¿por qué tu no lo haces valer para ti?

—¿Qué pasó? Sin pensarlo él me contestó –mi papá dijo que ya no iba a tener cercanía con esta señora y lo acabo de ver con ella como si nada pasara.

Me quedé callada, él amaba a su padre y creía que yo exageraba cuando le reclamaba, pero ahora él también se sentía lastimado y como madres nos enfrentamos por los hijos cuando los vemos en peligro o heridos. Salí a la calle para que no me escuchara y le marqué a Carlos.

—Bueno ¿Que pasó?

—¿Cómo? ¿No sabes lo que pasó? ¿Y todavía lo preguntas? –le dije en un tono sarcástico y enojada –Ven por las cosas que te quedan en la casa o las saco a la calle.

—No tengo tiempo, estoy dando *entrenos* –contestó como si le pidiera un favor.

—O vienes en este momento o te rompo tus tarjetas y tiro todo –le hable sin dudar de lo que sería capaz de hacer. A los pocos minutos llegó, yo lo estaba esperando en mi consultorio. Tocó la puerta y al abrirle le aventé la bolsa junto con sus tarjetas.

—¿Por qué te pones así? –estaba espantado con mi reacción.

—Se acabó, te vas a la chingada y no vuelves a entrar a mi casa, no te importa ya ni que mis hijos también te vean, dijiste que ya no tenías contacto con ella, me volviste a engañar –estaba muy enojada y no permití que entrara.

—Vamos a hablar por favor –creyendo que me convencería nuevamente.

—¡Lárgate! ¡Lárgate!

Fue ese día que tomé como mío un rotundo *"¡No vuelvo a regresar con él!"* y no tuve más que alimentar mi fuerza de voluntad para romper con esa dependencia. Dejé de hacer mía la mentira para quedarme en una relación sin vida argumentando que lo hacía por mis hijos, cuando el vacío cada vez era más grande y no había ya nada que hacer ni defender, ellos solo aprendían cómo vivir atado a la vida del otro por miedo a estar en la propia. Él representaba mi necesidad no satisfecha de amor en mi infancia y yo le proyectaba la historia no comprendida de su vida. No se equivocó por no ser el hombre que debería amarme, ni tampoco había sido errónea mi elección, ambos iniciamos con el recuerdo grabado de la relación de nuestros padres y repetimos recuerdos que no eran tal vez la mejor versión de ellos, pero si representaban el dolor profundo que nos habían causado y los guardamos en nuestro corazón, para ser tocados y sanar lo que de niños no comprendimos. Ya no envejeceremos juntos como lo hicieron nuestros padres, tampoco la muerte nos separaría porque desde hace mucho tiempo ya estábamos alejados. Se habían acabado los proyectos, la emoción de verlo llegar o besarlo al sentir su ausencia. Las noches dejaron de ser luna llena y se volvieron oscuras, olvidé sentir el roce de su piel y la mujer sensual se quedó encerrada por la rutina que año tras año apagaba el fuego que la hacía danzar y disfrutar la libertad de acariciar con su cabello su cuerpo desnudo. Dormir en la misma cama ya era tan común que cada uno tomaba su espacio y era primordial terminar el día cansados para no sentirse acompañados.

Viví unida a él por muchos años, separada de mí, de mis sueños, de mi libertad, del amor que se respira, se siente, se acaricia y se expande, me dejé de mirar, no me gustaba verme al espejo, desconocía el rostro que se reflejaba y me avergonzaba no saber quién era, me lastimaba reconocer que pasaba el tiempo y todo seguía igual y yo estaba envejeciendo, olvidando que nadie ni nada cambiaría lo que estaba sintiendo. Ya no tenía fuerza, aprendí a ocultar el dolor, a callarlo, a maquillarlo, a soportar, a no enterar a mi familia aunque era obvio que lo sabían y no lo culpo a él, porque seguiría siendo la víctima que no asume su responsabilidad y cree que tuvo una mala elección y no una gran lección que la vida me dio para liberarme, de un pasado que me hacía estar perdida.

Mis hijos aprendieron a ver a dos adultos que no se amaban en una relación fría, violenta y con infidelidades, creyendo que así tenía que ser.

Ya no dejé que volviera a entrar a mi vida, sin importar cómo me sintiera ya no lo permitiría. A Uriel no le gustaba verme llorar, trataba de distraerme o interrumpir mi llanto.

— ¿Por qué estás triste? ¿Por qué lloras? – y me regresaba al presente para recordarme que estaba viva y acompañada de ellos.

Mi hija Nicté no me dejaba retroceder, su carácter y fortaleza me hacían seguir adelante y mi pequeña Julieta buscaba canciones tristes para hacerme llorar y sacar todo lo que estaba contenido en mí o tenía el diálogo exacto que me permitía soltarme.

—Llora mamá y no te preocupes por nosotros, saca todo lo que te duele –me decía con su dulce vocecita.

A partir de ese día, jamás me dejó ir, llorando la miré, me acerqué a ella y le pedí perdón a mi soledad "Perdóname, perdóname, no quise aceptarte, no comprendía que nadie era responsable de mí, de ti, me duele haberte dañado, perdóname porque te olvidé todo este tiempo, dejé de amarte, escondí mis heridas y ahora que te siento, te lleno de amor y caricias, aceptando cambiar el rumbo de mi destino. Eres un ser amoroso, lleno de luz, de vida, de inmensidad y ahora que estoy contigo, no te vuelvo a soltar, dejo de buscar lo que nunca voy a encontrar, lo que jamás se me va a dar, porque el verdadero amor siempre fuiste tú. Te tomo, me tomo, y nos abrazamos, nos unimos, en esa soledad que también soy yo.

Nos fuimos juntas, nos alejamos, nos dejamos acariciar por el sol, sentía paz y tranquilidad, parecía que por primera vez, tocaba el cielo, sentí mis pies acariciados por la madre tierra y mi corazón se alegraba inmensamente de mi reencuentro. Y decidí separarme de él y jamás alejarme de mí.

Llegué a casa después de pensar lo que haría con esos recuerdos, entré a mi recamara, cerré la puerta, saqué el álbum de las fotos del matrimonio por la iglesia y comencé a romper algunas de ellas, me llenaba de coraje y tristeza haber dejado pasar tantos años de mi vida, sin tener el valor para poner un alto, mi corazón me dolía y no quería ya ninguna imagen que me hiciera dudar. Al regresar el álbum a su lugar, encontré una caja pequeña, la abrí, era el reloj que hacía unos años me había regalado mi papá con mucha alegría por mi cumpleaños, era una caja sencilla de color blanco, dentro había un reloj dorado con piedritas brillosas, que compró en el monte de Piedad, recuerdo que de niña me llevaba ahí para empeñar su herramienta o refrendarla, me mostraba cosas valiosas que la gente ya no podía recoger y las perdían, me encantaba salir con él, caminar por el centro, viendo los aparadores y descubriendo nuevos lugares por donde él de niño pasaba, cargando su cajón de palanquetas y entregando pedidos. Durábamos horas paseando y con poco alimento en el estómago antes de regresar al pueblo. A mis catorce años me regaló un reloj con carátula negra plateada que me encantaba porque me hacía ver importante en la secundaria. Era mi primer reloj y lo cuidaba para evitar que se rayara. Un día frío y oscuro con las prisas para alcanzar el autobús de las 6:00 a.m., lo estrellé sin darme cuenta, me dolió romperlo y ya no volví a tener otro que él me diera, hasta ese día, a mis cuarenta y siete años que fue el único y último cumpleaños que nos reunimos para festejar todos juntos en un restaurante cerca del pueblo y ahora comprendo por qué el universo así lo hacía.

Jamás pensé revivir esta experiencia, mi papá me pidió que me lo pusiera, mi mamá le dijo que no me iba a gustar o que no lo necesitaba, pero estaba equivocada, me lo puse, lo sentía muy pesado hacía tanto tiempo que no usaba uno, le agradecí y lo guardé con mucho cariño en su caja, al llegar a casa lo usé poco tiempo, lo terminé guardando por varios meses, hasta que ese día tomé el reloj, me lo puse y dormí con él, sé que ya había llegado el momento de iniciar el divorcio, necesitaba valor para no desistir y sentirme acompañada de mis padres, aceptando mi realidad.

21

Dulces frambuesas

Amo la vida
con su canto, su palpitar, sus ríos
sus montañas y sus desiertos
amo el aroma de las flores
que torna de colores mis pensamientos
amo las semillas que darán vida
a frutos de paz y regocijo
en la madre tierra.

Cuando Nicté tenía alrededor de seis meses entré a un programa llamado *"Madame prend congé"* (La señora se despide
o tiene día libre) en *"Patro Le Prévost"*, en *Villeray- saint-Michel-
Parc-Extension*, era un programa muy hermoso en donde de 9:00
de la mañana a la 1:00 de la tarde, un día a la semana, hacían actividades los hijos y las mamás de manera separada y solo nos
reunimos en la alberca con nuestros bebés para nadar con ellos.

El primer día del taller, me llevé la sorpresa de estar entre mujeres canadienses, ninguna hablaba español, yo sabía algunas palabras y comprendía muy poco pero no me podía comunicar del

todo, ya casi al final del día escuche a dos de ellas diciendo, que ¿Cómo era posible que aceptarán a personas que no sabían hablar francés? escuche sin poder decir nada porque era verdad, no me era fácil comunicarme, lo único que podía decir era:

— *Je suis mexicain et je ne parle pas beaucuop francais.* (Yo soy mexicana y habló poco francés)

Llegué enojada y frustrada por lo que había escuchado y sentido, Carlos me dijo que nadie me obligaba a continuar y podía retirarme, para dejar de sentirme rechazada. Lo pensé durante varios días y el día del taller regresé con mis hijos pero con una actitud diferente, comencé a sacar libros en francés de Krishnamurt, un diccionario y canciones infantiles también en francés para mis hijos que me encantaban porque nos hacían cantar y bailar juntos. Y me animé a hablar sobre lo que estaba leyendo sin sentir vergüenza de mi francés, a la hora de *"Le déjeuner"* (el almuerzo), cuando nos reunimos y fue ahí donde conocí a mi primera amiga canadiense, Lorraine. Teníamos hijos de la misma edad, compartimos actividades juntas y celebramos los cumpleaños con piñatas mexicanas que empecé a elaborar y vender a más personas. Para mis hijos y para mí, busqué lugares para seguir aprendiendo y empaparnos de su cultura o mejor dicho de las diferentes culturas, ya que Canadá es un país multicultural.

Entré a diferentes *"Centres Comunitaires"* (casas de cultura) junto con mis hijos, aprendí a cocinar, hacer hortalizas, estuve en teatro, mientras ellos hacían actividades al mismo tiempo con otros niños y no voy a negar que experimenté el racismo porque era de las pocas mexicanas que hace más de 19 años, se involucraba en actividades en donde solo se hablaba francés y los latinos como yo, preferían estar en grupos de iguales.

Me molestaba el racismo, pero me partía el alma que se lo llegaran a hacer a mis hijos y eso me llevó a defenderme.

— *Tu es raciste* (tu eres racista) – llegué a decirlo, cuando el chofer del autobús no se detenía cuando le hacía la parada y por más que le gritara ¡aquí bajo! se paraba donde él quería.

En una ocasión en el curso de cocina *la madame* (señora) sacó una bolsa de dulces y les comenzó a repartir a los niños que hablaban francés o eran canadienses y a mi hijo lo ignoró, él creyó que no lo había visto y por eso no le había dado nada. Yo la miré sin comprender porqué lo hacía, si solo era un niño y ellos no entienden de razas ni de idiomas, para ellos todos son iguales, son niños que comparten su vida a través del juego. Y para no lastimar a mi hijo le dije que sí, seguramente estaba distraída pero le compraría un dulce saliendo.

Pero afortunadamente ya éramos muchos inmigrantes viviendo y aportando con trabajo al país y canadienses que nos brindan su cariño y respeto. Como *Monsieur* (señor) Phillp un hombre mayor canadiense que adoraba a mis hijos. En el taller de hortalizas al que asistíamos, él prestaba su jardín para sembrar y nos daba frambuesas de su cosecha o postres que hacía con ellos. Cada vez que vuelvo a comer frambuesas lo recuerdo con mucha alegría y cariño.

Mis hijos andaban conmigo para todos lados y Carlos el fin de semana que podía salía con nosotros ya que su trabajo era a veces de noche y con nuestros hijos pequeños no podía descansar. Comencé a involucrarme más con Montreal e inicié una preparación de un año como "bénévole" (voluntaria) en centros comunitarios para facilitar a los niños migrantes la incorporación al país. Participé en un centro comunitario haitiano, dirigiendo a un grupo de niños migrantes con actividades dentro y fuera del salón, en donde, por supuesto también incluía a mis hijos.

Fue una experiencia muy hermosa que me llevó a tratar con amor y comprensión a los niños que no entendían por qué de un momento a otro, había cambiado su vida radicalmente, alejándose de sus familiares, de su casa y de su idioma. Sus ojitos mostraban nostalgia, se veían espantados y el juego en el parque era la mejor terapia que podía darles para alegrar su corazón herido a tan temprana edad.

Uriel ya había pasado por esa etapa y los ayudaba ahora a estos pequeñitos a sentirse mejor y a integrarlos con otros niños canadienses en el parque. Pasamos varios inviernos y ya nos habíamos adaptado al país, a Carlos también le gustaba estar con nuestros hijos, les tocaba la guitarra, les cantaba e imitaba personajes que él creaba o jugaba lucha libre con ellos. Les hacía sus disfraces de superhéroes, con bolsas negras de basura y les grabamos su infancia en una cámara que adquirimos a los pocos años de llegar ahí, era divertido incluso estar en casa con nuestros hijos, aun en el frío invierno, nuestra etapa como padres, nos distraía del rol de pareja.

Cuando íbamos al parque, me encantaba llevarme a otros chiquitos, podíamos estar horas, les llevaba fruta o algo para hacer un picnic y en el chapoteadero era la única adulta jugando con pistolas de agua. Los canadienses me miraban extrañados, pero a mí no me interesaba, era una niña, en un cuerpo grande, jugando con mis hijos y sus amiguitos. El invierno no nos impedía seguir yendo, para lanzarnos bolas de nieve y deslizarse por la resbaladilla.

Disfrutaba mucho la infancia de mis hijos y los motivos para quedarme por más tiempo en esa relación comenzaron a tener más peso e hice caso omiso cuando me pidió sacar unas cosas de su mochila y salieron unos condones, él inmediatamente buscó argumentos para negar que eran suyos, asegurando que se los habían puesto dentro y que eran de su compañero. Me molesté, quise reclamar pero al final no hice nada, no tenía la fuerza, ni el respeto hacia mí para poner un alto y cuando él salió solo vi como se alejaba a través de la ventana, parecía que estábamos más estables y no entendía por qué de nuevo, preferí callar, argumentando que bastaba con mis actos y saber que yo no lo engañaba y seguía siendo fiel a una relación infiel a la que le apostaba la poca autoestima que me quedaba.

22

Cuarto piso

*Aprendieron a mirarse
a ella le sorprendió
sentir en él su dolor
y a él reconocer en ella
su falta de amor.*

C omencé a trabajar por algunas horas para tener mis propios ingresos, no nos hacía falta nada, porque el gobierno nos apoyaba económicamente mientras nuestra situación como refugiados fuera aceptada. Así que aprendí a lavar baños, lo que jamás me dijeron en la universidad que podría existir esa posibilidad, antes de ser gerente de alguna empresa. Por las tardes dos días a la semana ayudaba a Carlos en la limpieza de oficinas cuando el personal ya no se encontraba laborando y precisamente ese día, un 24 de diciembre, entré al elevador para limpiarlo por dentro y se cerraron las puertas en automático, cuando quise abrir, no respondía, apreté varias veces el botón pero no se abría ya que estaba atorado. Entre en pánico y mi instinto de supervivencia me hizo recordar películas donde la gente se quedaba atrapada y podían salir por arriba, pero yo ni siquiera alcanzaba a tocar el techo. Al no saber qué hacer, ni cómo poder avisar que estaba atrapada la ansiedad me llevó a pensar en mis hijos, y a desesperarme aún más para querer salir a como dé lugar. Comencé a golpear la puerta y gritar pero era imposible abrirla. Me dejé caer y a un lado de mi solo estaba el mapo (con lo que limpiaba el piso) lo lancé con fuerza, estaba decepcionada de mí, morir por estar limpiando oficinas y en un país lejos de mis raíces. Lloré tumbada en el piso, rogando a Dios que me ayudara a salir, no quería morir asfixiada y dejar a mis hijos pequeños, recordé a mis padres y mis herma-nos, ya hacía 4 años que no los veía ni siquiera en fotos y la nostal-gia invadió ese pequeño espacio. Me quede alrededor de 1 hora dejando que las imágenes llenarán el lugar, no había logrado mis sueños, todo podía terminar en un instante ya que a la muerte no le importaba en absoluto lo que me hiciera falta por vivir o si es-taba lista para irme y ante la muerte el ego se rinde para sacar la súplica y la reconciliación con la vida.

Lloraba algunos recuerdos, otros los suspiraba y me hundía en ellos antes de que desaparecieran por completo. Comencé a resig-narme y esperar a que Carlos me buscara, pero no tenía las llaves y temía que tardará demasiado. Me quedé mirando fijamente la puerta, volví a tocar el botón, pero esta vez se abrió, sentí una ale-gría inmensa que sacudió mi cuerpo por completo, salí de ahí y ya eran cerca de las 9pm. Estaba lleno de nieve en las calles, había música navideña, todo estaba listo para celebrar y yo me sentía en shock por lo que acababa de pasar. Llegué a casa y abracé a mis hijos, ellos no entendían por qué lloraba, yo solo les dije que era de alegría por el arribo de la navidad.

Le platiqué a Carlos lo sucedido, negándome a seguir trabajando en ese lugar y un mes después encontré un restaurante salvadoreño, en el que entré como lavavajillas, con una jornada laboral de ocho horas, cuando en realidad era de doce. No podía descansar, así que comía aprisa para seguir picando verduras, lavando ollas y platos, con el paso de los días el cansancio se iba acumulando y tardaba más en hacer las cosas. La dueña entró a la cocina porque necesitaba unas ollas, me pidió vaciar el contenido de una olla grande, en otro recipiente más pequeño, ejecute sus órdenes sin prisa como ella esperaba, ya llevaba 10 horas de pie y no tenía tanta energía como en la mañana, se molesto al ver mi reacción y me dijo que me hacía falta cerebro para hacer las cosas en menos tiempo, cuando en realidad mi cuerpo se resistía a ser una máquina para producir sin descanso. Es triste aceptarlo pero la vida del migrante no tiene horas de jornada cuando busca mejorar la calidad de vida de su familia, estando fuera de su país, olvidándose de sus sueños y su vida.

Me bastó solo unos días para sentir desecha la espalda y el cuerpo quemado, trabajando en el campo, en la recolección de la fresa, haciéndolo a velocidad para llenar en menos tiempo más cajas para poder tener una mejor paga, y aquí tampoco estuvo mi ego para defenderme, ni mi título profesional de Licenciada en Administración de Empresas dio la cara por mí, fue entonces cuando valore el trabajo de las personas que no vemos cuando estamos en un restaurante, porque no sabemos qué pasa en la cocina o el agricultor que lleva meses sin ver a su familia y el vigilante, o el que limpia y el de todas las personas que no son vistas, que también merecen mi respeto y admiración, porque ninguna labor es insignificante. Tomé la humildad como parte de mi atuendo y aprendí a respetar al migrante que no tuvo la suerte de llevar con él a su familia y espera que el hambre y el frío no lo derrumben para evitar ser deportado.

23
Estrella de mar

Amada vida
cuanto tiempo perdí
buscando este encuentro
y tu siempre estabas en mí
bastaba mirarme a los ojos
para sentirte resplandecer
y dejar a mi corazón
brillar en cada amanecer.

Aún no me sentía completamente recuperada pero ya estaba fuera, viviendo nuevas experiencias y una de ellas fue un viaje que la vida me regaló para ir sola a Cancún. Y en verdad fue así, ya que yo no lo había planeado y menos estar 5 días sin tener que dar talleres o consultas pero todo coincidió para salir el 19 de julio, fue la primera vez que salía por placer, mi compañera era mi soledad y los recuerdos que aún faltaban sanar. No pretendía gastar demasiado, así que renté un Airbnb y me quedé lejos de la playa, estaba tan acostumbrada a la rutina diaria que me era raro no programar un día lleno de consultas. Me dispuse a disfrutar del *roof garden* en donde estaba una alberca pequeña, a las 11 p.m., estaba yo sola como una niña feliz jugando con el agua, alumbrado de estrellas. Era raro caminar sin mis hijos al lado, sin ningún itinerario hecho por alguien más, así que pregunté a la gente del lugar como podía viajar y aprendí a moverme en rutas de transporte público. Fui al Cenote Tortuga, un lugar hermoso con agua azul turquesa, al tercer día decidí ir a Cozumel, lugar en donde para mí fue un suplicio porque me mareé durante el camino sin poder contener el vomito varias veces. Una persona que venía a mi lado tomó mi sombrero para comenzar a soplar con él, estaba preocupada por mí y agradecí a ella y a la vida por ponerla cerca. Cada movimiento del ferry era una lucha interior con mis emociones desbordadas sin poder controlar, yo solo quería llegar y tocar tierra firme. De pequeña siempre en los autobuses terminaba igual, afortunadamente me libré de que me dieran a tomar gasolina como remedio casero que le habían dicho a mis padres.

Por fin llegamos a tierra firme, ahora solo me esperaba el tour en lancha que por supuesto pasé lo mismo mientras estaba en movimiento, lo único que pude ver fueron los peces al descender y entrar en su hábitat, estaba sorprendida con la inmensidad del mar. El recorrido continuó con las estrellas de mar y definitivamente me fue imposible volver a descender para contemplarlas porque ya me sentía fatal, mi espíritu anhelaba hacerlo pero ya no tenía fuerza para complacerlo. Por fin se acabó el tour, ya eran las 2:00 p.m., busqué algo fresco que comer para no continuar con el castigo que había recibido mi estómago. Me aseguré también de no repetir la misma experiencia y pasé a la farmacia por pastillas para el mareo. Parecía que todo iría mejor y como buena terapeuta, asocié lo sucedido con una regresión que había tenido a la infancia por no tener estabilidad emocional en casa pero al callar mi mente y contactar con la claridad del mar, escuche una voz que me dijo:

—¿Acaso la mujer fuerte, no tiene permiso para sentir y descansar?

Y sin poder refutar lo que había escuchado, me rompí en llanto, tenía razón el espíritu del mar, no se lo pude ocultar, hacía 2 años que no paraba de viajar dando talleres en terapia alternativa en diferentes estados de la república, mis fines de semana eran casi nulos para descansar, parecía que estaba en una carrera sin parar, me sentía como Forrest Gump, solo que yo corría en plena pandemia sin detenerme, conociendo lugares y a mucha gente que me seguía en talleres, algunos se sorprendían de mi firmeza y a otros tantos les extrañaba lo que hacía. Fue ahí que la vida me detuvo para regresar a casa y disfrutar lo que había logrado. Ya había pasado medio año que estábamos viviendo en nuestro nuevo hogar y casi siempre me la pasaba fuera trabajando, evitando no sentir los restos de dolor que estaban aún en mi corazón, no dejaba que ningún recuerdo me alcanzara e impedía así que también mi ex pareja se acercara. Ese encuentro entre ambos estaba ya escrito, solo bastaba dejar que se suscitara para parar y confiar en que todo ya había terminado. Dejé que mis lágrimas se unieran con el mar y se diluyó la dureza que me impedían abrir mi corazón para volver amar por miedo a tocar lo que laceró mi espíritu y llevó a mi alma a huir. Ese viaje me hizo atreverme a vivir experiencias nuevas que jamás imaginé hacer, esa noche llegué a la habitación con el rostro diferente, me metí entre las sábanas desnuda, sin nada que me pudiera atar, al poco rato entró una videollamada que me despertó, era el maestro Gilberto, un alumno que conocí junto con su esposa Marina en Guadalajara, ellos me invitaron a su centro holístico en Uruapan, Michoacán para compartir mis talleres y también fueron mis grandes maestros, recuerdo que pasamos horas platicando y nada les podía ocultar, en especial a él porque también es clarividente, podía saber lo que estaba sintiendo y su manera sarcástica y humorística no daba pie a esconderse. Ambos también me apoyaron en mi proceso, percibían lo que sentía, intercambiamos terapias y cuando les dije que ya estaba cansada de vivir esta vida, se miraron mutuamente y Gilberto se sonrió diciéndole a Marina.

—¿Le dices tú o se lo digo yo?

—Tú elegiste lo que estás viviendo, tal cual te está sucediendo –contestó con su peculiar manera de hablar, sin prisa y en calma

Me quedé callada porque tenían razón y nada era diferente de lo que había pedido para hacerme consciente de mi humanidad.

Varios años atrás sin comprenderlo, tuve encuentros con maestros ascendidos, ángeles, almas perdidas y seres espirituales que me hablaron sobre temas que yo desconocía pero mi alma si lo sabía, solo esperaba que lo recordara. Ellos no me imponían nada, el libre albedrío es la elección que prevalece siempre en nuestra vida. No necesitaba hablarles de mis emociones, porque mi ser se las transmitía. Recuerdo de entre tantos encuentros que tuvimos cuando me dijeron:

—Miras al suelo y dices que mi padre te ha olvidado, cuando solo basta levantar la mirada y observar el universo que te ha dado.

Mi razón se callaba cuando sus palabras eran escuchadas, sintiendo como mi corazón las abrazaba y dejaba entrar el alimento para el alma. Fue más de un año que estuve en contacto con ellos y cuando lo requiero nos reencontramos porque no es fácil encarnar en un cuerpo con memoria que me hace tener apegos, miedos y deseos.

Cuando era niña veía cosas paranormales o podía sentir y saber lo que les había pasado a las personas que se encontraban cerca de mí, pero esto me provocaba temor y lo bloqueé, y regresó esta facultad nuevamente al dar terapia física.

Estaba dando masaje descontracturante a una maestra y me llegó la imagen de una niña triste llorando, que se encontraba sola, llena de polvo. Mi espíritu buscaba decírselo y para mi era extraño lo que me estaba sucediendo. Sin pensarlo más se lo compartí, ella se quedó paralizada.

—¿Como lo sabes? –preguntó con lágrimas deslizándose por su rostro.

—No lo sé, solo lo veo y lo siento.

Se calló por un momento y sin pensarlo más liberó lo que había guardado en secreto, que lastimaba su alma.

—Esa niña soy yo, estoy en el panteón, llorando, reclamando a mi padre muerto sus violaciones, jamás a nadie se lo había dicho, me avergüenza que lo sepan.

Mi sangre se heló al entender el mensaje y a partir de esa sesión la clarividencia se hizo más presente en mí, para hablar con las almas de esta y otras dimensiones.

Fue un deleite estar con ellos y ese día en Cancún nuestras almas ya tenían acordado coincidir. Publiqué fotos en el Facebook, ellos tenían dos días de haber llegado, no lo podía creer y pasaron por mi al día siguiente, junto con otros amigos de ellos para ir a Cobá. Nos abrazamos cuando nos vimos, era un honor poder sentirnos y ser guiada por ellos en ese lugar sagrado. Apenas entrando al lugar, me sentí muy abrumada con dificultad para respirar, me acerqué a la maestra Marina para decirle y ella inmediatamente le habló a Gilberto, él salió y regresó con un cigarro.

—A estos lugares maestra hay que pedir permiso a los guardianes, purificarse y dejar una ofrenda para poder entrar.

Comenzó a soplar humo por todo mi cuerpo, al final clavo en la tierra el cigarro y me pidió que inclinara mi cabeza como símbolo de devoción y les pidiera permiso para acceder. Hice lo que me dijo y el malestar desapareció sin volver a sentirlo durante todo el recorrido. Nos abrazamos del árbol y a petición de Marina dimos varias vueltas alrededor de la pirámide para cerrar ciclos y abrir nuevos horizontes. Por un momento me separé de ellos para acallar mi mente y contactar con la energía de las ruinas. Era inmensa la fuerza que transmitía y mi ser se unió a ella, honrando el conocimiento que se alberga desde hace muchos años. Regresamos ya en la tarde, al día siguiente ya no pudimos vernos así que decidí antes de irme, caminar por la orilla del mar. Era ya casi mediodía y no había donde cubrirse del calor, solo algunos camastros que pertenecían a hoteles, me acerqué con las personas que rentaban motos acuáticas para solicitar una sombrilla pero tampoco tenían y uno de ellos me dejó estar el tiempo que quisiera, su objetivo era convencerme para pagar por media hora una moto.

— ¿Cuanto cobras?

— $1600

Definitivamente no lo iba a pagar y tampoco me subiría, así que me quede ahí platicando con ellos sobre cómo era su vida y que habían hecho para sobrevivir en la pandemia, hasta que uno de ellos llamado Adrián, me convenció de subir al kayak sin importar que no trajera puesto el traje de baño. Fue muy divertido, incluso cuando al subir me caí, no paraba de reír, era una mezcla de nervios y emoción, al regresar le dijeron que fuera por un chico que se había alejado con la moto y no tenían permitido hacerlo. Yo sentía que ya dominaba el mar y acepté acompañarlo, él se colocó atrás y me dijo cómo hacerle para manejarla, al principio iba despacio hasta que le perdí el miedo y le aceleré sintiendo la adrenalina que corría por mi cuerpo que me hacia gritar de emoción, parecía una ave que volaba al ras del mar a gran velocidad. Era una aventura inigualable que no imaginaba vivir, Adrián me pidió que lo esperara, para más tarde subirnos al paracaídas y descender en mi cuarto del hotel. Yo me reí y no acepté, le agradecí por todo y le pedí que mejor le diera *like* a mi página

—¿Eres terapeuta?

—Sí, pero aquí, solo soy una mujer que viene a disfrutar de ella y de su soledad –me despedí de ellos con tremenda sonrisa en mi rostro.

Ya en la noche comencé a hacer mi maleta, aún tenía ese dulce sabor de las vacaciones y hasta en el último instante siempre algo sucede. El autobús salía a las 3:00 am. rumbo al aeropuerto y preferí quedarme cerca, en una habitación en la 5ta. Avenida. Dejé todo listo y me fui a la pequeña alberca en el *roof garden*, me encontraba sola descansando hasta que llegó un hombre muy guapo.

—*¡Hi! Do you Speak English?* (¡hola! ¿hablas ingles?)

—*I don´t speak very well* (no lo hablo muy bien)

—*Est-ce que tu parles français?* (¿hablas tu francés?)

—*Oui* (si)

Había pasado mucho tiempo en que no escuchaba francés, él era canadiense de Quebec, le sorprendió cuando le dije que hacía varios años que había vivido en su país y le extrañé cuando regresé a México. Él es músico y viajaba por todo el mundo, era fascinante escuchar su historia. Quería radicar en isla mujeres y salir con menos frecuencia, cuando pregunté por su familia, me dijo que todo tenía un precio y las dos relaciones que tuvo fracasaron por estar más tiempo ausente y agradeció no haber tenido hijos para no lastimarlos también. Nos quedamos cerca de una hora, hasta que él se fue porque ya tenía un poco de frío. Yo me quede pensando en sus palabras, sabía que el universo se comunica a través de mensajes que siempre se nos entregan y hay que estar atentos para escucharlos y comprenderlos. Ya tenía 2 años separada y le pedía a la vida viajar por el mundo y tener una pareja, pero olvidaba que una relación se cuida y se alimenta o de lo contrario muere si no abrazamos nuestros sueños junto con ella.

24
Libélula

No regresó al mismo lugar
porque dejé de ser la misma persona
he cambiado
y ya no es necesario mirar atrás
pude ver mis piezas rotas
que en mi andar dejé
y con amor les pedí retornar.

Varios años estuve participando como alumna en un evento Nacional de Terapia Alternativa en diferentes sedes y anhelaba ser ponente, pero sentía que estaba muy lejos de mi alcance, así que me seguí preparando y en mayo del 2019 envíe una propuesta de cómo poder participar, jamás me imaginé que sería la luz que guiaría mi nuevo camino.

Le había dado de plazo a Carlos el 2 de junio, un día después de su evento de lucha para salirse de la casa y desde una semana antes preferí dormir en mi consultorio para no estar a su lado, hacía dos años que me había cambiado ahí para estar cerca de mis hijos. Esas noches me permitieron tocar cada uno de mis pedazos, no fui ya más a buscarlo, él se iría de mi vida y yo volvería a unirme sin importarme lo que fuera a pasarle, solo le pedía a Dios la fuerza para continuar y con el tiempo comprendí el amor tan grande que me dio, abrazándome, para soltarme del sufrimiento y volver a amarme. La soledad no era lo que me lastimaba, era el miedo que me causaba desconocerme y estar perdida, aún viviendo acompañada.

La vida me tomó de la mano y me sacó de Querétaro siendo aceptada como facilitador en ese Encuentro Nacional en septiembre del mismo año. No lo podía creer y no había más tiempo para asimilarlo, ni vivir mi duelo. Era tomarlo con todo lo que implicaba o quedarme a seguir llorando. Mis hijos veían como su madre arrancaba las pocas plumas que le quedaban para dejar nacer sus nuevas alas y destrozaba el pico llamado apego, aunque me doliera el alma, permitiendo salir mis dones para sanar a las demás. Retornaba como el águila, surcando el cielo y mirando desde lo alto, la cima de la montaña.

A partir de ese evento se vinieron en cascada talleres en varios estados para seguir compartiendo mi ser y la luz que traspasaba mi alma, enseñándome a tocar el corazón lastimado con amor y dando frutos de esperanza, sembrando semillas de libertad por donde pasaba. No solo enseñaba Terapia Alternativa, aprendía de ellos, del lugar, me cobijaba el amor que recibía y las bendiciones que me entregaban. En ocasiones viajaba toda la noche, me encogía o buscaba la manera de dormir para no llegar tan cansada y poder impartir clases. Siempre mi soledad me acompañaba, a veces ella también lloraba algunos recuerdos, o reímos y platicamos en silencio para no despertar al compañero de viaje o mitigar el cansancio que ya se sentía después de viajar varios meses. Cada experiencia comenzó a fortalecerme, decidí asistir a terapia para no doblegarme cuando él me marcaba, pidiéndome una oportunidad después de ver que ya no estaba esa mujer que lloró y le pidió que recapacitara. No era mi ego el que se lo negaba, fue la dignidad de ser mujer, de sentirse amada no por él ni por nadie más, por primera vez me miraba y no solo yo, también los hombres más jóvenes lo notaban y no era mi edad lo que los atraía, era la energía que comenzó a transmitir mi vida.

Escuchaba audios en desarrollo humano y dormía con ellos para seguir sanando, me sorprendió descubrir qué hay detrás de la personalidad narcisista y saber que no era la única que no comprendía por qué como seres humanos nos podemos dañar tanto. Mi vida comenzó a ser un parteaguas entre lo que fue y lo que ahora soy. Me dejó de importar que pensaran que había fracasado, cuando para mí era el triunfo que anhelaba, regresando a mi lado y esa navidad que pasé por primera vez sin mis hijos, no quise la misericordia de nadie, ni quedarme en casa, les avise a mis papás que estaría en la ciudad de México, celebrando en Bellas Artes, la Alameda, Garibaldi y cenando en Sanborns de los Azulejos. No me quedé tampoco con mis hermanos, ya había reservado un cuarto de hotel y por primera vez, dejaría a la familia, para hacer lo que mas quería. Mis papás aceptaron acompañarme y la vida me regaló una noche inolvidable. Fue hermoso estar con ellos, sintiendo su amor, su protección y el abrazo que me hacía falta, y mi cuerpo fue purificado con copal en el zócalo para iniciar un nuevo año.

Carlos ya tenía un negocio con Elena y comprendí que era necesario cerrar el ciclo divorciándome, no quería regresar con él pero no me atrevía a dar el siguiente paso y si no la hacía él, lo harían yo y en enero del 2020 tomé la decisión de divorciarme y cambiarme de casa para dejar los recuerdos en ese lugar, invadido de nostalgia. Necesitaba dejar el pasado para vivir un presente diferente y la motivación me hizo moverme buscando los medios para lograrlo. Contacté con una abogada y hablé con él para pedirle el divorcio, para lo cual no tuvo ninguna objeción, él me cedió la parte que le correspondía de la casa ya que ambos sabíamos que era patrimonio de nuestros hijos y con los ahorros que tenía la liquidé, comencé hacer los trámites para poder liberar el crédito y así venderla. En mi mente solo estaban estos dos eventos, recuerdo que en febrero me tocó dar un taller en Guadalajara e hice mi maleta sin hacerme consciente de la ropa que estaba metiendo y cuando la saqué había puesto dos pantalones, uno de color negro y otro beige y dos blusas, una negra y otra beige, proyectando lo que estaba viviendo. Al regresar saqué una cita por internet para elegir mi nueva casa. Hace alrededor de siete años que vi un espectacular sobre la av. Bernardo Quintana que decía: "Nuevo concepto de vida, más cerca de la naturaleza" que pertenecía a la misma empresa desarrolladora inmobiliaria que años atrás había conocido por un taller en el que asistí y me encanto el lugar para vivir pero me negué la posibilidad diciéndome "ni lo sueñes, esto no es para ti" y me quedé solo con la imagen guardada en mi. Mis hijos sabían que nos iríamos y asistí a la cita con la asesora inmobiliaria, era la primera vez que entraba a Zakia. La naturaleza del lugar me transportó a la calma de mi ser y a confiar en mí. Me atendió Coral una mujer cubana muy agradable y me enseñó las casas muestra, empezó por las más pequeña y elegí la más grande comparada con la nuestra, comenzó a llenar formatos, yo estaba segura que con la venta de la casa y lo que me prestara el banco, cumpliría con lo que me pedían, dando como plazo a pagar en mayo y ya casi para terminar me dio a elegir un pin con mi color favorito, azul ultramar, me hizo colocarlo en el mapa, en la número 54 y toqué una campana, sus compañeros dejaron de hacer sus actividades para aplaudirme y felicitarme por mi elección, yo sonreí un poco apenada y agradecí sin más que decir, me sentía rara, era una mezcla entre alegría y asombro por ver lo que estaba haciendo, parecía que había dos Patricias en mí, la que se adaptó a vivir con las circunstancias que tenía y la que ahora elegía como quería estar y no dudaba de ella.

Me detuve en el lago antes de salir de Zakai, hacía mucho que no veía libélulas y aún seguía con la emoción de lo que me estaba pasando, solo estuve algunos minutos, me fui a recoger a Nicté a la preparatoria y le enseñé el folder.

—¿Y eso qué es?

—Ya di el apartado de la casa.

—¿Es una broma, verdad? –me preguntó, denotando en su rostro incredulidad.

—No.

—¿Y cuando nos cambiamos?

—Espero en 3 meses –.Abrió sus ojos, sorprendida de lo que le estaba diciendo pero sabía que estaba trabajando para ello.

Todo estaba sucediendo tan aprisa que sentía que lo podía lograr y no había interés en mirar hacia atrás. Llevé los documentos que me solicitó la abogada, cumpliendo con lo acordado, jamás me imaginé divorciarme o negarme a seguir cargando la cruz que la religión me impuso al atar mi vida por compasión al otro y entregando a Dios mi dolor para poder aguantar una relación que no respeta ni le interesa mi integridad ni el amor a mi libertad.

Aceptaba dar talleres donde fuera, procurando viajar los viernes y regresar los domingos o al día siguiente en la madrugada, no me importaba estar sin descansar, sabían mis hijos que era un trabajo en equipo, haciéndose ellos responsables, para no necesitarme. Su papá los llevaba a comer o les compraba una pizza pero la mayor parte del tiempo y por las noches se quedaban solos. Un lunes que regresaba de Guadalajara a las 3am. encontré la reja abierta de la casa y pensé que habían olvidado cerrar con candado, los regañé por no tener cuidado pero ellos juraban haber hecho lo contrario, así que busqué la cadena, estaba rota cerca de la entrada, tirada en el patio. Comenzamos a atar cabos, una de mis hijas había escuchado ladrar al perro muy fuerte por un rato, golpeaba la puerta, pero pensó que se quería meter y no le hizo caso, le pregunté si sabía aproximadamente a qué hora sucedió y ella confirmó haber pasado esto casi al amanecer. Fui con Aurora, una vecina que tenía cámaras y al revisar la grabación eran 4 hombres que se veían en la calle, 2 vigilando a lo lejos, un tercero en frente y otro con unas pinzas cortaba la cadena. Me espanté con solo imaginar lo que podía haber pasado, pero traté de no alarmar a mis hijos y le agradecí a Dios por cuidarlos y a mi perro, porque gracias al ruido que hizo, los ladrones se atemorizaron y se fueron. Ya sabían que mis hijos estaban solos, así que puse mayor seguridad en el patio y doble chapa a la puerta de la entrada. Unos meses después rompieron la malla e hicieron que mi perro saliera y lo encontré en la calle cuando llegué de viaje en la madrugada, a partir de ese día, dejamos también la luz de la calle encendida. Tenía que sacar a mis hijos de ahí por seguridad y no podía desistir.

Me invitaron a asistir como formador a un encuentro regional en Comala, Colima impartiendo el taller "Biodescodificación con Sanación Cuántica para el bienestar Emocional" del 14 al 16 de marzo, evento en donde asistieron cerca de 35 alumnos. El calor en el salón era intenso, llegó un momento en donde pedí disculpas por lo que haría, pero ya no soportaba los zapatos y me los quité para seguir dando clase, me sentía por fin fresca y dejé la formalidad para otra ocasión. Estaba por terminar el taller y la noticia por internet comenzó a crear incertidumbre a todos los presentes, anunciando la restricción del regreso a clases por unas semanas, a consecuencia del Covid 19, lo que hizo festejar al día siguiente mi cumpleaños en Querétaro con algunas alumnas, en un restaurante limitando el poder acercarnos. Esperaba, como todos, que solo durara la cuarentena hasta que cerró todo, incluyendo los juzgados, las notarías y la venta de mi casa se quedaba detenida. Mi desesperación no comprendía que no dependía de mí y mi sueño de una casa nueva se quedó paralizado. A finales de abril fui con Coral para pedir más tiempo, logrando cambiar el plazo hasta al mes de julio, aumentando un poco más el precio y designando otra casa. Estaba consternada sin saber hacia dónde moverme. Coral percibió que estaba a punto de claudicar.

—Sra. Patricia no se dé por vencida, usted puede con la ayuda de Dios —escuchaba sus palabras sin creerlas, necesitaba que el banco me autorizará la hipoteca de más del 90%. Me presentó un nuevo plan de ahorro y movimientos bancarios imposibles para mi realidad, pero decía era la última opción. Salí de su oficina desanimada, me alejé caminando por los jardines, callada, mi boca estaba seca sin ganas de hablar. Llegué al lago, todo estaba en silencio y hablé con Dios.

"¡Tú puedes hacer milagros! Multiplicaste los panes y el vino, necesito de ti, lo que me piden, tú eres capaz de lograrlo, no pararé de viajar, no solo estoy dando mi mejor esfuerzo, sabes lo que he pasado y quiero darles una vida diferente a mis hijos. Me pongo en tus manos y dejo que guíes mis pasos".

Le pedí al lugar que me dejara vivir ahí, a cambió de esto lo cuidaría y regrese a casa sin decir a mis hijos nada para no desalentarlos. El fin de semana mientras mis hijos dormían, recorrí la casa, hablé con ella, pidiéndole disculpas por el daño que le habíamos hecho, ahí había nacido Julieta y crecido Nicté y Uriel.

"¡Perdóname! Te lastimamos, nos olvidamos del abrigo que nos has dado todos estos años". Terminé en el suelo, llorando junto con ella, besando el piso y abrazada a ella. "Nuestro ciclo se cerró, es momento de partir, ayúdame a atraer un comparador que te cuide, te ame y que se alegre de haberte adquirido", sé que ella me escuchaba y también lo sentía.

La pandemia continuó, después de los 40 días, algunos talleres se suspendieron o se hacían a puerta cerrada para evitar ser clausurados, no podía quedarme en casa, solo tenía tres meses y no estaba en mis planes encerrarme. Me era muy difícil llegar a las sedes, los autobuses suspendían las corridas por no haber pasajeros, éramos pocos los rebeldes que se negaban a querer morir y quienes nos juzgaban desconocían nuestros motivos. Para mí, el que mis hijos tomaran clases en línea, me permitía poder verlos cuando estaba en casa.

Me llegó un mensaje de Coral, anunciándome que el ejecutivo del banco otorgaba un mes más y la inmobiliaria se ajustaba también a ello. El trámite del divorcio continuó su proceso, así como la liberación de la hipoteca, para poner en venta mi casa, solo era cuestión de meses y confiar.

Llegué de Colima a las 5 a.m. Después de 10 horas en el autobús, estaba cansada por el viaje, el taller y las terapias que había dado en el lugar, ya era la última semana de julio, no había nada más que hacer, estaba sola desayunando cuando comenzaron a deslizarse sin pedir permiso las lágrimas en mi cara. "Lo intenté, lo di todo y tu lo sabes Dios, nunca te pido nada porque sé que ya me lo has dado". Me quedé callada tragándome el llanto y aceptando no tener mi nueva casa, me llevaría a mis hijos con la recuperación que me dieran del enganche a viajar, ya no me importaría tener un ahorro, solo quería sacarlos de esos recuerdos. Por un instante dudé y paré el mensaje por completo. "¡Quiero mi casa, me la merezco!" Diciéndolo con firmeza y solté la armadura que llevaba puesta mi cuerpo para no enfermar y resistir hasta el último momento.

Poco a poco el pasado comenzó a ser un sueño y llegó la fecha para la firma del divorcio, no hubo invitados como hace veintiún años cuando nos casamos, solo estábamos él y yo de frente, con heridas que no nos permitían acercarnos, mientras esperábamos a pasar para comparecer recordé mi boda, tenía 26 años, me sentía feliz de llevar un hermoso vestido blanco y un ramo lleno de flores, era 5 de septiembre, la gente del pueblo acostumbra ayudar a la familia de los novios y desde muy temprano llegaron a la casa de mis papás para preparar grandes cazuelas de comida y apoyar en todo lo que se necesitara. Fueron cerca de 150 invitados de los cuales solo 20 eran de él ya que no quiso hacerlo extensivo a sus demás familiares. La misa fue por la tarde y como es la tradición, mi papá me entregó en la iglesia, no estaba contento, se veía serio, con cierta nostalgia y mi mamá lloraba, yo sabía por qué estaban así, ellos me acompañaron como yo se los pedí y cumplieron mi deseo.

A él le gustaba cantar y lo hizo ese día, me interpretó canciones que había compuesto, los invitados me miraban con admiración por ser la afortunada, pero desconocían que ya las conservaba desde hace algún tiempo y su fuente de inspiración era Karina y solo las utilizó para ese evento. La boda se fue deslizando entre la noche, con música, mariachi y buenos deseos, mentiría si dijera que no me sentía feliz, era un sueño que estaba viviendo, sin tomar en consideración todo lo que implicaba engañarme para pagar el precio de un matrimonio sin un verdadero consentimiento .

Después de muchos años unidos civilmente se anulaba ese contrato y para mí moría también la esperanza de regresar. Me sentía triste al comparecer, trataba de evadir su mirada, no le hablaba y mi alma herida, solo deseaba que todo esto pasara aprisa para no tener que enfrentarlo de nuevo. Se encontraba molesto, solo me pregunto si estaba segura, esperando que me retractara como antes ya lo había hecho, cuando años atrás le pedí que se fuera de la casa y solo fueron unas semanas para que regresara, creyendo que ahora sería diferente, no aceptaba que todo tiene un final y nos conduce al inicio del camino sin retorno.

Tomé la pluma para firmar el acta de divorcio, mi decisión era firme, aún sabiendo el dolor que implicaba en mis hijos, al ver a sus padres reunidos para divorciarse. No permitiría volver a alejarme de mí y levanté la voz para decir:

¡No, no aceptó seguir con él!, perdiéndome, minimizando el amor en mí, separándome, de mis sueños, de mi vida, de mi totalidad y mi libertad. Dejé de contar los años viviendo con él, para pasarlos conmigo, con mis hijos y en marzo del 2021, comencé a ser parte de la lista de mujeres divorciadas que ponen un alto al desamor y al autoengaño.

Salí de los juzgados con dolor de cabeza, no quise dar consultas ese día y preferí hablar con mis padres, sentirme acompañada también de ellos, todo ya había terminado, estaba agotada físicamente pero mi corazón ya estaba en paz, eso que me pesaba ya se había esfumado. Solo esperaba salir de esa casa y la primera semana de agosto sonó mi celular, me estaba bañando, eran muy insistentes.

—Mamá está sonando tu cel.

—Si ya escuché Julieta –me lo dio y solo me envolví con la toalla, contesté creyendo que era un paciente y salí aún mojada.

—Julieta, Nicté bajen por favor.

—Estamos en clase.

—Solo un momento.

—¿Que pasó?

—Me acaban de hablar del banco, se aprobó mi crédito y ya pronto nos vamos –ellas gritaron de alegría, me felicitaron y nos abrazamos. El agua que aun escurría de mi cabello se mezcló con mis lágrimas. Me despedí de todo, incluso de los muebles, no quise llevar nada, los vendí a muy bajo precio, algunos de ellos los compraron mis hermanos y en menos de un mes, ya estaba vacía la casa.

A mis hijas las había llevado a conocer la casa muestra a las pocas semanas de dar el apartado y les gustó tanto como a mí.

— ¿De verdad mamá, si vamos a vivir aquí?

— Si la vida lo quiere Julieta y sigo trabajando como lo estoy haciendo, seguro que sí –y me abrazó dándome las gracias.

Mis papás me avisaron que vendrían a verme en septiembre, cuando les di la noticia. Y nuevamente el universo reacomodaba las piezas. Llegaron el día 5 exactamente, ese día cumpliría 22 años de casada. Por la tarde los llevé a conocer el lugar, mis papás pensaban que era un traspaso y no les había dicho la verdad porque seguramente se habrían preocupado. Desde que entramos a la colonia les gusto.

— ¿Cuánto te costó? – intrigada me pregunto mi mamá.

— No se preocupe.

— ¿Cuánto vas a pagar mensual?

— Para qué quiere saber, si la que va hacer los pagos soy yo – y me reí, cuando hizo una mueca porque no le dije lo que esperaba escuchar.

Ambos estaban contentos y me felicitaron, mi papá tomó la iniciativa antes de que nos fuéramos para expresarme lo que sentía.

— Estoy orgulloso de ti y tu mamá también, se que te lo mereces porque desde muy pequeña te has esforzado, sabemos lo que te ha costado, no dudo en que puedas pagar este compromiso, es una sorpresa para nosotros, no nos lo esperábamos y la vida te está recompensando por lo que hace poco pasaste. –mi mamá reafirmaba sus palabras limitándose a escuchar, volteó a ver a mis hijas que también nos acompañaban para decirles que valoraran lo que también hacía para ellas. Antes de irnos nos tomamos fotos en el lago que dejaron plasmado un bello recuerdo. Unos días después, el 15 estaba firmando ya las escrituras, el mismo día que nació mi hijo Uriel hace 20 años.

Fuimos cómplices de juego
cuando aún siendo adulta,
la vida a tu lado
me regresó a ser niña.
Te he compartido mi historia
quizás no fue lo que esperabas,
pero mi ser con amor
te dio lo que necesitabas.
Te enseñé a ser libre,
a no detenerte e ir por tus sueños,
aun sabiendo que me dolería
el momento de tu partida.

Vivimos cerca de 5 años en este país como migrantes y ya siendo aceptados con estatus de refugiados, decidimos volver a México porque Carlos ya no quería continuar ahí. Uriel estaba próximo a ingresar a la primaria y seguramente sería más difícil para él la adaptación. Añorábamos tener una casa propia y dejar de vivir en el sótano, ya teníamos para el traspaso de un hogar en México. Carlos envió lo suficiente para hacerlo y su familia se encargó de ello, sin poder nosotros elegir el lugar, por la prisa que ya teníamos confiando en que sería la mejor opción que nos habían ayudado a buscar. Yo no quería irme, ya tenía amistades, me gustaba estar en el país, teníamos una mejor calidad de vida que al principio, pero se volvió a repetir la historia y yo hacía lo mismo, seguirlo para no quedarme sola con mis hijos y ahora regresamos en el mes de julio con 2 maletas y 2 hijos. A las amistades que habíamos hecho en el país les dijimos que solo estaríamos unas semanas ya que era inconcebible haber sido aceptados y rechazar el estatus que muchos deseaban. Durante todo ese tiempo solo conocíamos Montreal y Quebec y busqué un tour a las cataratas del Niágara antes de partir. Fue impresionante sentir y ver la inmensidad de las cataratas y conocer la cosmovisión de Toronto. En ese viaje estaban algunos mexicanos que venían como turistas y creía que también éramos como ellos pero ahí me di cuenta que ya nuestra conducta era más como canadienses e incluso me sentía raro con ellos. No sé en qué momento sucedió esa transición en nosotros y eso hacía que me atemorizara el regreso.

En todos esos años nunca coincidimos con Jackson, el luchador al que Carlos había seguido pero él sí luchó en algunos eventos realizados en el *sousol* (sótano) de las iglesias y definitivamente no podíamos vivir solo de ello. Nuevamente nos despojamos de cosas para llevar lo más indispensable y empezar otra vez en un nuevo lugar, sin conocer a nadie, lo que me alentaba era nuestra casa. Salimos muy temprano, lo último que recuerdo de ese país es la puesta del sol, cuando el avión ya estaba en el cielo, sentí nostalgia por lo vivido y porque ya no habría manera de regresar, al no haber concluido el trámite de residencia. Durante el vuelo Nicté jugaba a estar pasando varias veces al baño, para ella sería todo nuevo e incluso conocería a toda la familia y para Uriel era reconocerlos. El aeropuerto estaba increíblemente lleno comparado con el de Montreal y era raro escuchar hablar solo español. Mi hermano fue por nosotros para llevarnos con mis suegros, algunos de mis familiares también nos esperaban ahí, fue impresionante después de tantos años reencontrarnos y volver abrazarnos, les sorprendía ver a nuestros hijos tan grandes y hablando entre ellos francés. Para mí fue un shock ver a toda mi familia con más edad ya que tenía el recuerdo de ellos grabado en mi mente de hace 5 años, siendo complicado ensamblar esta nueva imagen, estuvimos solo algunos días ahí y aprovechamos para llevar a nuestros hijos al zoológico, olvidando que era más difícil cuidarlos, por la cantidad de gente que también asistía. Ellos sentían que estábamos de vacaciones pero solo era temporal el descanso. Por fin llegamos a Querétaro y conocimos nuestra casa, era más pequeña de lo que pensábamos, a Carlos no le gustó del todo ni tampoco la zona, a mi tampoco me agradaba pero no dije nada, preferí animarlo diciéndole que si me gustaba y con el tiempo le podríamos hacer modificaciones. Ya no podían estar en la *rue* (calle) que se encontraba en la parte trasera en donde salían mis hijos a jugar con sus amiguitos, siendo un lugar seguro y tampoco había parques, ni Centros Comunitarios como en Canadá. No era fácil acomodarnos a un estilo de vida diferente en donde no siempre se respetan las reglas, para Uriel fue complicado ingresar a la escuela y estar en grupos con más de 40 niños levantándose todo el tiempo. Él se apartaba porque no se sentía parte de ellos y dejó de hablar francés. Y para mí fue nuevamente en septiembre del mismo año un nuevo embarazo que me hizo dejar atrás la esperanza de volver a trabajar para solo dedicarme al hogar y a mis hijos.

Nicté comenzó con alergias y al año siguiente que entraba a preescolar fue muy fuerte para ella, era de las pequeñas que se sujetaba de la reja y lloraba, gritándome que no la dejara, mientras me alejaba con su hermanita en brazos y mi corazón se desgarraba de verla así, sin poder sacarla. No toleré verla sufrir, ni las quejas de su maestra porque se escondía, porque no quería entrar al salón después del receso. Solo estuvo durante una semana y la saqué, no comprendían lo difícil que era para ella estar en un país que no era el suyo, además compartir a su mamá con su hermanita y pasar a ser la segunda y ya no la más pequeña, preferí darle un poco más de tiempo para que se adaptara a estos nuevos cambios y en casa ponerle actividades facilitando su ingreso a preescolar para hacer solo un año de ciclo escolar. Tampoco era fácil para mí, me arrepentí de haber regresado y de arrastrar a nuestros hijos en tantos cambios, siguiendo a mi marido, con el pretexto de estar juntos para que mis hijos no tuvieran la ausencia de su padre, pero en realidad él casi no estaba en casa, Carlos había por fin encontrado un trabajo en Sportcity como entrenador, descartando la posibilidad de irnos a Australia. Se ausentaba todo el día y busqué actividades para mis hijos similares a las de Montreal, aprendí a manejar y me los llevaba para que hicieran deporte al Parque Querétaro 2000.

Me convertí en madre de tiempo completo, dejé las zapatillas que usaba en la universidad y en el trabajo años atrás, por cómodas sandalias o tenis, el vestido y ropa formal, por un pants o pantalón de mezclilla y playeras, el maquillaje dejó de ser prioridad y las ligas para el cabello, eran de suma importancia, el perfume cambió por olor a comida y todo el día era insuficiente para terminar las labores y estar con mis hijos, los gritos no se hacían esperar y el estrés de las mañanas, me hacía ir a prisa para no llegar tarde por ellos a la escuela. Todo el día estaba para los demás, tratando de ser la mejor madre, la mejor ama de casa, la mejor esposa y me olvidé de ser la mujer que se cuida y que se enamora de ella. Ya no tenía tampoco amigas y mi apoyo fueron mis hijos para socializar con las mamás de sus amiguitos. Julieta ya tenía 6 meses y me animé a vender productos de belleza por catálogo y los viernes por las tardes *brownies* y panqué integral que yo misma hacía, los ofrecía de casa en casa junto con mis pequeños. A ellos les encantaba comerlos y a Nicté jugar con los catálogos levantando pedidos para sus hermanos, ganaba muy poco, me sentía bloqueada para emprender algo diferente.

En una ocasión pasó un señor vendiendo enciclopedias y se me hizo fácil comprarla ya que les serviría para la escuela y estaba en cómodos pagos de $60 pesos semanales, cuando llegó Carlos por la noche se molestó muchísimo porque sentía la presión del trabajo y ya estaba construyendo el segundo piso de la casa. Y tenía razón, pero no era la manera en cómo lo hizo, haciéndome sentir que yo no aportaba, que solo perdía mi tiempo con las cosas que vendía y para ello no necesitaba haber estudiado una carrera. Me dolía que no reconociera que para mi también eran cambios que tenía que afrontar y sobre todo con un nuevo bebé, me salí a caminar, ya no tenía confianza en mí, ni la fuerza para crear nuevos proyectos que fueran rentables y la lluvia lloró conmigo, me acompañó aclarando mi mente y llevándose el miedo que me impedía dejar salir mi potencial. Tenía que hacer algo en donde pudiera estar con mis hijos, teniendo un ingreso adicional y comencé a dar clases de francés e inglés a los niños y en pocos meses ya tenía varios grupos pequeños aprendiendo el idioma, esto me animó a rentar un local para dar las clases en un lugar más amplio y dejar de ocupar mi casa como escuela.

26

Las brisas

Dejé que la lluvia
limpiara mi cuerpo
llevándose el dolor y el sufrimiento
que la razón me hizo creer
que estaban tatuados
alojándose muy adentro
solo bastaba aceptarme
para amarme por completo.

D ejé de tener límites, mi mundo ya no era solo un punto, po- día moverme hasta donde lo decidiera. Llevaba alrededor de 7 meses separada, conforme pasaba el tiempo me sentía mejor y me pregunté qué quería hacer ahora, lo pensé varios días, deseaba algo muy especial, memorable, y mi soledad se alegró porque anhelaba viajar con mis hermanas a la playa, solas, sin hi jos y sin maridos. ¡Libres, sin apegos! Jamás habíamos hecho algo igual, para algunas de ellas significaba avisar a sus esposos, lo que causó dolores estomacales y de cabeza, pero al final se atrevieron a hacerlo. A los pocos meses, nos fuimos a la playa de Huatulco. La vida a veces nos lleva a cerrar ciclos que creemos haber cerrado, haciéndonos conscientes de ello hasta que nos regresa al mismo lugar y eso hizo conmigo. Por la pandemia nos cambiaron del hotel Barceló al hotel las Brisas, cuando me lo notificaron quise hacer todo por cambiar el lugar pero era imposible y aunque no me agradara, comprendí lo que la vida estaba haciendo conmigo. Hacía ya 6 años, fue precisamente en ese lugar en el cual habíamos festejado nuestros "15 años de casados". No era la playa, ni la familia lo que me hacía recordar ese evento como algo desagradable, era la infidelidad de Carlos con Karina que pasé, faltando semanas para salir de viaje. Fue una experiencia amarga, pero necesitaba regresar para borrar ese recuerdo y recuperar la energía que dejé con mi sufrimiento.

Nos quedamos de ver en el aeropuerto de la ciudad de México, dos de mis hermanas Elizabeth y Jaqueline venían del estado de Hidalgo, mi hermana Denise de Chalco y yo de Querétaro. Me sentía muy feliz de verlas y viajar con ellas, todas salimos muy chicas de la casa, siendo ellas mamás muy jóvenes. Para Denise era la primera vez que viajaba en avión, estaba un poco nerviosa pero con nuestras bromas se relajó y dejó atrás el miedo. Nos asignaron dos habitaciones, Denise y Jaqueline que son las más tranquilas, decidieron quedarse juntas y Elizabeth y yo en otra habitación. La vista al mar era hermosa, ellas estaban fascinadas del lugar, de las atenciones y del paquete que nos incluía todo. Pasábamos horas en la playa y en la alberca, las pláticas eran interminables al sentarnos a la mesa, esos 5 días compartimos tantas anécdotas que nos hacían reír, llorar, cantar, bailar y nos llevó a sanar nuestras almas de hermanas. Nos unimos como nunca lo habíamos hecho, a cada una, nos había dolido de manera diferente nuestra infancia y adolescencia, mi mamá casi siempre era la protagonista de las conversaciones, al escucharnos comprendí el daño que provoca un matriarcado, cuando no se le permite a la mujer acercarse al padre o se le minimiza, generando mujeres que posteriormente se van a someter o repiten el mismo patrón para seguir anulando a la pareja. Algunas personas pensaban que éramos amigas y les sorprendía cuando les decíamos que éramos hermanas. El chofer que nos llevó a nuestra habitación nos preguntó si ya conocíamos el lugar y Elizabeth le respondió que para ellas era primera vez que lo visitaban pero que para mí no.

— ¡Qué bien! ¿Hace cuanto tiempo vino?

— Cuando cumplí 15 años de casada.

— ¡Muchas felicidades!

— No me felicite, ya me separé – y mis hermanas y yo nos sonreímos.

— Lo lamento.

— ¡No lo lamente, estoy muy contenta de haberlo hecho y vine a festejar con mis hermanas mi libertad y mi encuentro!

— ¡No había conocido a alguien que se sintiera feliz de haberse separado!

— Pues ya apareció esa mujer – y todos en ese momento nos reímos.

Todos los días para nosotras eran especiales, el animador del hotel al ver nuestra alegría, nos invitaba a participar en todos los eventos para contagiar a las demás personas. Nos quitamos las etiquetas de madre y esposa para soltar esa feminidad que tiene derecho a vivir sin tener que cumplir todo el tiempo con las expectativas que se nos imponen y las cuales aceptamos. Y nos unimos no solamente por ser hermanas, también por ser mujeres que a veces olvidan amarse y buscan ser amadas, pagando el precio con su autoestima.

La última noche, nos quedamos ya muy tarde platicando con la luz de las estrellas, permitiendo al alma desnudarse al sentir la confianza de estar acompañada.

— ¿Hermana y qué pasó con Raúl? –me preguntó Denise.

— No lo sé, ya no supe nada de él, traté de buscarlo por Face-Book pero jamás lo localicé, me habría encantado saber de él, de su vida, lo único que conservo son los momentos que guardé en mi corazón.

— ¿Y si lo vieras nuevamente?

— No hermana, se quedó solo en lo que pudo ser y no fue posible. Alguna vez leí un artículo en el que decía que hay personas significativas en tu vida y no necesariamente seguirán contigo, solo cumplen su misión y se van como estrellas fugaces – suspiré al terminar de hablar sin dejar de mirar las estrellas.

Nos despedimos del lugar deseando volver y no sé si pueda ser posible porque para ellas, como lo fue para mí, era complicado salir con alguien más sin el esposo o los hijos, ya que el matrimonio nos hizo creer que unirse, era alejarse de todos. Confundimos el amor con la necesidad de estar o complementar a alguien más, no aprendimos a compartir desde la integridad, es decir de la aceptación de uno mismo y por eso son relaciones que se van vaciando, hasta aniquilarse, lastimándose uno a otro, sin tener ya nada que ofrecer. El amor no se limita, no se acaba, ni se esconde cuando nos llenamos primero de amor propio y paz interior, esto implica reconocer la luz y nuestra sombra, haciéndonos conscientes para acariciar y sanar, nuestras heridas del alma. El amor en sí mismo ya es una totalidad, que se expande, es libre y vivirlo desde nuestro ser, es amar al otro con la misma intensidad, permitiendo trascender a la pareja acompañados o separados.

Nos despedimos en el aeropuerto, abrazándonos y conteniendo el nudo en la garganta para no delatar la tristeza. Me fui jalando mi maleta, extrañando ya su ausencia. Durante el camino en el autobús parecía que seguía entre las nubes, mirándolas de cerca a través de la ventanilla. Le agradecí al universo porque me llevó a reconciliarme con lo que años atrás me había lastimado y con el amor fraternal de mis hermanas. Pude recuperar el tiempo que no estuve con ellas cuando me fui a los 15 años, parecía que me regresaban a tomar los pedazos de mi alma, que habían quedado dispersos para integrarme y reconocerme en mi totalidad, disfrutando de mí misma y la vida que ahora ya estaba en mis manos.

27
Volver a mi

*Canté con alegría
cuando miré en el suelo
las ataduras de mi pasado
y comprendí que todo es posible
si confío en la vida
y le entrego mis sueños al universo.*

Estaba en el departamento de Lety; una amiga de Guadalajara que conocí siendo mi alumna, desayunando a finales del 2021 y comenzamos a hablar sobre nuestros nuevos proyectos.

—El próximo año voy a dar talleres en Ciudad Juárez y Monterrey –por un momento se quedó callada y me miró consternada.

—¿Ya tienes los contactos para llegar allá?

—No, jamás he estado ahí.

¿Y cómo le vas hacer?

—No lo sé – bajando un poco mi tono de voz al decirlo, pero llegarán las personas que me van a llevar – jaló aire y asintió con la cabeza sin estar completamente convencida.

—Ya verás que así será.

Y a las pocas semanas recibí una llamada de un número que desconocía, contesté y me pedían información sobre un taller de hipnosis en Guadalajara.

—Lo lamento pero por este año ya no lo impartiré de nuevo. ¿De dónde me llamas?

—De ciudad Juárez – me alegró saber que era ella a quien estaba esperando.

—No te preocupes, puedo dar el taller allá si me apoyas a formar un grupo.

—¿En verdad?

—¡Claro! De hecho te estaba esperando –le comenté al respecto de lo que había platicado con mi amiga.

—¡Qué emoción! Hasta se me enchinó la piel.

—A mi también me entusiasma saber que ya estaré ahí y a todo esto ¿Cómo te llamas?

—Soy Lorena Alvarado.

—¡Oh mira! Yo soy Patricia Alvarado.

La vida se había encargado de hacerme coincidir con las personas que me llevarían a seguir mi destino, desde el momento en que confié en mí, uniéndome a ella sin miedo, agradeciendo lo que ya estaba acordado desde mi ser y a partir del 2022 los viajes fueron ya más lejos. Dejaba de estar en la tierra para tocar el cielo, surcando montañas blancas de nubes, dentro del ave de acero.

Cuentan mis padres que tenía alrededor de 2 años cuando ya me iba de la casa, tomé un suéter y me fui caminando por la calle, me era fácil porque no teníamos zaguán, mi papá me fue siguiendo creyendo que me terminaría regresando, pero al ver mi seguridad al avanzar una cuadra, me tomó de la mano y con una nalgada deje de volver hacerlo, hasta que la vida me susurró al oído.

— ¡Despierta! ¡Ya es el momento!

Sin dudar, tomé el álbum de mis recuerdos junto con mis deseos y me fui. Durante el viaje siempre elijo ventanilla, como cuando tenía 5 años. Me gustaba mirar el paisaje conforme avanzaba el autobús y me imaginaba viajando por todo el mundo, No creí que volvería a retomar mis sueños y compartir las experiencias que marcaron mi vida, reconociendo mi existencia y amando mi reflejo.

Comencé a vivir todo aquello que me negué a hacer en tantos años y me fui como el barco que eleva el ancla y se funde en la inmensidad del mar, dejando solo estelas al pasar. Recordé a Juan Salvador Gaviota, aquel libro que en mi adolescencia me animó a no detenerme, abriendo mis alas llamadas libertad.

Cada día comenzó a ser especial. Dejé de aparentar o esperar a que las cosas sucedan para accionar. Vivo mi vida consciente de que no estaré aquí para siempre y tomo la oportunidad que se me da para estar presente. A veces mi soledad mi invita a tomar un café o caminamos por el parque sin prisa, sintiendo la caricia del amanecer, nos fascina cantar, con el volumen alto mientras manejo, en ocasiones el recuerdo de la música me hace llorar, pero no es de tristeza, también se llora por agradecimiento, cuando se mira la manera en cómo el universo nos ha amado. Me enorgullece estar conmigo, acariciar mi cuerpo mientras me baño, deslizando suavemente mis manos y sintiéndome viva, cuando el agua purifica mi encuentro. Puedo ver en el espejo a esa mujer que ha ido madurando con el tiempo, que llena con luz sus heridas y da esperanza a los demás, mostrando sus cicatrices que han trascendido el dolor y el resentimiento. Disfruto de mi sensualidad que no está negada con la edad porque sé que es creatividad y también forma parte de mi feminidad. Dejé de callar y mi voz nacida del alma se hizo escuchar, compartiendo esas experiencias que me permitieron hacerme consciente de la mujer que estaba dormida y tenía miedo a ser ella misma.

Me daba pánico hablar frente a mucha gente y mi primera conferencia la impartí en el Centro de Mujeres. Le pedí a la directora que me diera la oportunidad de hacerlo. Ella me miró extrañada y me pidió que le llevará por escrito el tema a tratar y objetivos a ser abordados. En realidad no miré la magnitud de lo que estaba por hacer, había asistido a otras pláticas y me parecía muy fácil lo que hacía el ponente. Y como dice el dicho "Si del cielo te caen limones, aprende hacer limonada", el tema que sugerí era "El maltrato no es amor".

Ese día estaba llena la sala y los nervios comenzaron a aparecer cuando me lo dijeron. Fui al baño a mirarme al espejo y lo primero que me dije "Ay Paty, tu y tu bocota" en fin ya estaba todo listo, respiré profundamente y entré, tratando de no ver a nadie. Al principio mi voz no era tan fuerte hasta que me fui sintiendo en confianza y pude hablar de mi experiencia con otras mujeres que como yo, mucho tiempo se callaron por miedo y vergüenza, al haber sido niñas heridas, que confundimos el amor con el abuso y la indiferencia, creyendo que la principal relación es con el otro y no con ellas. Llevaba puesto el reloj dorado, sintiéndome así acompañada de mis padres, el tiempo se fue sin detenerlo, permitiendo a algunas asistentes identificarse con la tristeza expresada en llanto. Nadie fue juzgado y nuestro corazón se abrazó, al sentirse amado y respetado. Terminó la charla y hasta ese momento reaccioné sobre lo sucedido diciéndoles que todo puede ser imposible hasta que te atreves, hacerlo posible, e invitas al miedo a ser espectador para dejar de ser el protagonista de nuestra vida. Para mi había sido un reto que estaba negado a ser explorado desde mi mente, pero por primera vez dejaba hablar a mi corazón ante un público y ya no me escondía. La adolescente tímida que temblaba y se le cortaba la voz, cuando tenía que exponer, estaba sorprendida y alegre sintiendo la adrenalina que provoca compartir y ser vista. Los aplausos fueron un extra que me hicieron sentir un nudo en la garganta y derramar lágrimas de alegría. Salí a prisa rumbo al estacionamiento y me alcanzó Lucía, la directora del centro.

—¡Muchas felicidades Patricia!

—Muchas gracias y también te agradezco la confianza para dejarme hacerlo.

—¿Es verdad, que es la primera vez que das una charla?

—Sí –diciéndome a mi misma, que no volvería hacerlo.

—¡Me has sorprendido! Eres un diamante que estaba guardado y es nato en ti expresar tu sentir, no cualquiera puede atraer la atención del público como tú lo hiciste, este es solo el comienzo, no lo dejes de hacer. –Me sonreí apenada por sus palabras, no lo esperaba, parecía que había escuchado a mi mente y me animó a seguir transformando cada instante en palabras para ser plasmadas en un lienzo, creando una obra maestra que al final cada uno interpretará de acuerdo a su sentir y su experiencia de vida.

Tenía razón, no se puede detener a un río, que sigue su cauce hasta llegar al mar y mi camino se fue expandiendo sin detenerse hacia diferentes estados de la República. Se creó mi página "Volver a ti Paty Alvarado" que aparece en diferentes redes y comencé a grabar audios, videos, streaming y a escribir poesía. Ya no solo yo me veía, también me permitía ser vista y mi voz que antes no me gustaba, ahora se escucha en spotify, en podcast y reflexiones que escribo y comparto. No paro solo ahí, la vida ya tenía preparado un regalo especial para mi cumpleaños, otorgando la cita para la renovación de mi pasaporte precisamente el 17 de marzo. Las felicitaciones y buenos deseos se extendieron de muchos lugares y de personas maravillosas con las que alguna vez coincidí y aprendí también de ellos.

No hay casualidades, se que en algún momento de nuestras vidas todos nos cruzamos para aprender lo que ya se había acordado, solo que lo olvidamos y esto nos lleva a repetirlo hasta que logramos superarlo. Dejé atrás todo lo pasado y Julieta me hizo nuevamente tocarlo, al entregarme una carta que yo había escrito hace más de 7 años, en un taller para sanar el niño interior y que ella encontró entre sus libros.

"Pequeña Paty, te amo y estoy muy contenta de estar a tu lado, disfruto mucho tu compañía y me divierto contigo.

Eres una gran soñadora, juntas vamos a llegar a la luna, to-caremos las estrellas, nos iluminaremos con la luz de las lu-ciérnagas, danzaremos con el fuego, subiremos las montañas y dejaremos que el viento juegue con nuestro cabello, abrire-mos los brazos para volar muy alto y nada nos detendrá. Nos sorprenderemos al ver las aves desde un globo aerostático, subiremos la cima de la montaña, nos tomaremos una foto en Machu Picchu y cantaremos en coro con los grillos.

Te amo y quiero lo mejor para ti, eres muy bonita y tienes unos ojos dulces como la miel, me encanta tu sonrisa y tu es-píritu creativo. Yo me encargo de ti, mi estrella fugaz, gracias por estar aquí hoy y siempre".

Ya no estaba triste mi niña interior, se sentía feliz de haberla encontrado y mi alma me lo hacía saber en esta carta. No dejaría que nadie más la lastimara, abracé a mi chiquitita, ella volvió a sonreír, al ver su ala curada y juntas bailamos como flores que flo-recen, compartiendo la alegría de volver amar la vida.

Cada lugar a donde voy me muestra la vida de formas diferen-tes, he tomado cada fragmento de mí y mi alma de poeta con la pluma las fue uniendo, escribiendo sus historias que tenían guar-dadas desde hace mucho tiempo. Una a una se acercó para con-tarle sus secretos. La niña que soñaba viajar y en las noches tocaba las estrellas hasta ser una de ellas, la adolescente a la que le gus-taba bailar y abrir sus brazos para ser el viento, la adulta que yu no quiso ser empresaria y prefirió el amor holístico, compartiendo desde su ser su conocimiento, la madre que adora a sus hijos y los impulsa a ir por sus sueños, siendo ella una luz para cada uno de ellos.

Después de 20 años sin salir del país no imaginaba que mi pasaporte en julio del mismo año, volvería a ser sellado ahora en Colombia, país que confiaba en mí y me abría sus puertas para iniciar esta nueva experiencia dando talleres en el extranjero. No comprendía la dimensión de lo que me estaba sucediendo, el vuelo duró solo 5 horas y como no hay fronteras en el cielo, cuando llegué creí que seguía en México, quise avisar a mis hijos pero no se podían hacer llamadas y migración me recordó que yo ahí era un extranjero. Mi moneda cambió por pesos colombianos y mi vida dejó de ser "chida" para ser "chevere". Las arepas, su música, sus montañas, su mar, su café, me hicieron sentir la energía que emana de esa tierra a través de su gente. La frase popular que utilizan "*Amor mío, corazón de otro*" me choqueó, por mi cultura y mis creencias pero ellos me hicieron ver la naturalidad que encierra ese dicho, envolviendo una realidad escondida de forma dulce y sencilla.

Antes de regresar a México, visite Perú sin saber que ahí era invierno, no me fue factible ir a Machu Picchu como lo esperaba, a veces los planes divinos son otros, así que me hospede en Lima durante 5 días para conocer el país y a esperar la fecha para mi viaje de regreso. Aún no entendía porque la vida me detenía en ese lugar y sé que siempre está sucediendo algo, incluso en el último segundo. Por la tarde al caminar entre las calles de *Miraflores*, delante de mí iba un hombre y una chica con él, nos detuvimos para esperar el semáforo verde para cruzar, fue entonces que él le dijo a ella:

—¡Mira, ir conmigo es como si fueras con Dios!

Me quedé helada al escucharlo, hacía tanto tiempo que buscaba a dios materializado y aparecía ante mí. Se encendió el siga y me llamó la atención que la chica no refuto nada, sin embargo yo ya tenía varios argumentos para él.

Al día siguiente me levanté muy temprano para ver el paisaje a través del ventanal, estaba hospedada en un edificio en el noveno piso, seguía nublado y aun estando adentro, el frío penetraba mi cuerpo, miré alrededor y me perdí en ese mural enorme que se encontraba a un lado, atrapándome no solamente por los colores, era también todo aquello que expresaba y proyectaba en mí. Estaba plasmado el cuerpo de una mujer con los ojos cerrados que miraba hacia adentro, con la boca entreabierta y en el pecho su corazón con un ojo abierto, al cual ella lo protegía entre sus manos pero sin esconderlo. Su rostro transmitía tranquilidad y su cabello cubierto de colores daba la impresión de haber pintado sus pensamientos. A cada lado, en lo alto, estaba una estrella con un ojo también abierto, mirando de frente, parecía que los sueños sabían hacia dónde dirigirse y ella había aprendido a confiar en ellos. Tenía arbustos con botones rojos por abrir a su alrededor, simbolizando quizás los nuevos proyectos a florecer. Las palabras estarían de sobra para dar más explicaciones, lo único que puedo decir es que esa imagen representaba lo que soy y lo que ahora siento.

No sé como termine mi historia y tampoco si hay vida en otros planetas, pero no me inquieta en absoluto saberlo, solo sé que mi mundo interno tiene tanto por enseñarme, que me basta con sentir el amor con el que me abraza, fusionando mi alma, con la del universo.

Dejé de buscar el amor perfecto
cuando miré mis imperfecciones
y me amé primero.

Dejé de buscar el éxito
cuando agradecí a la vida
cada momento.

Dejé de pedir ser escuchada
cuando aprendí a sentirme en el silencio.

Dejé de lastimar mi alma
cuando volví a mirarme con amor y respeto.

Dejé de contar las estrellas
cuando mire en mi corazón
brillando todas ellas.

Dejé de quejarme
cuando valoré la vida de mis ancestros.

Dejé de creer que todo me pertenecía
cuando comprendí que me ataban
y comencé mi vuelo.

Dejé de escalar sin freno las montañas
cuando me detuve a mirar
la danza del viento.

Dejé de pedir logros ajenos
cuando comprendí que cada uno
tiene sus propios sueños.

Dejé de sentirme separada de todos
cuando miré a mi padre en cada uno de ellos.

ACERCA DE LA AUTORA

 Patricia Alvarado es una mujer que salió de un pueblo, buscando alcanzar sus sueños y la vida la llevó a descubrirse a través de su historia. Nació en la ciudad de México en1972, estudió Administración de Empresas en la UNAM, fue docente en secundaria, licenciatura y por varios años a nivel bachillerato. Participó como voluntaria en Centros Comunitarios en Montreal, Canadá, apoyando a niños migrantes, a adaptarse al país, siendo ella también un inmigrante.

A los 37 años entró a estudiar Terapia Física y posteriormente Terapia Alternativa, Hipnosis, Tanatología, Biodescodificación, Sanación Cuántica, Bienestar Existencial y múltiples talleres que contribuyeron con su formación.

Es Terapeuta Emocional desde hace más de 10 años. A partir del 2019 es Formadora en Talleres de Terapia Alternativa y Orientadora Motivacional a nivel Nacional e Internacional. Le gusta escribir, haciendo poesía con el viento, ama la naturaleza y la libertad de sentirse viva, a partir de su reencuentro.

DATOS DE CONTACTO

Paty Alvarado

Terapeuta Emocional

Talleres, conferencias, seminarios.

 palvaradomendoza2@gmail.com

Talleres:

- Biodescodificación.
- Descodificación Emocional Cuántica.
- Descodificación Transgeneracional
- Sanación holística.
- Hipnosis.
- Hipnosis Regresiva
- Tanatología.
- Lenguaje Corporal.
- Bienestar existencial.

 Volver a ti-Paty Alvarado

 volverati_patyalvarado

 Volver a ti Paty Alvarado

 Volver a ti Paty Alvarado

 Volver a ti Paty Alvarado

Made in the USA
Las Vegas, NV
24 August 2023

76537999R00125